超人

搶救笨蛋劇組

關景峰 著　曾瑞蘭 繪

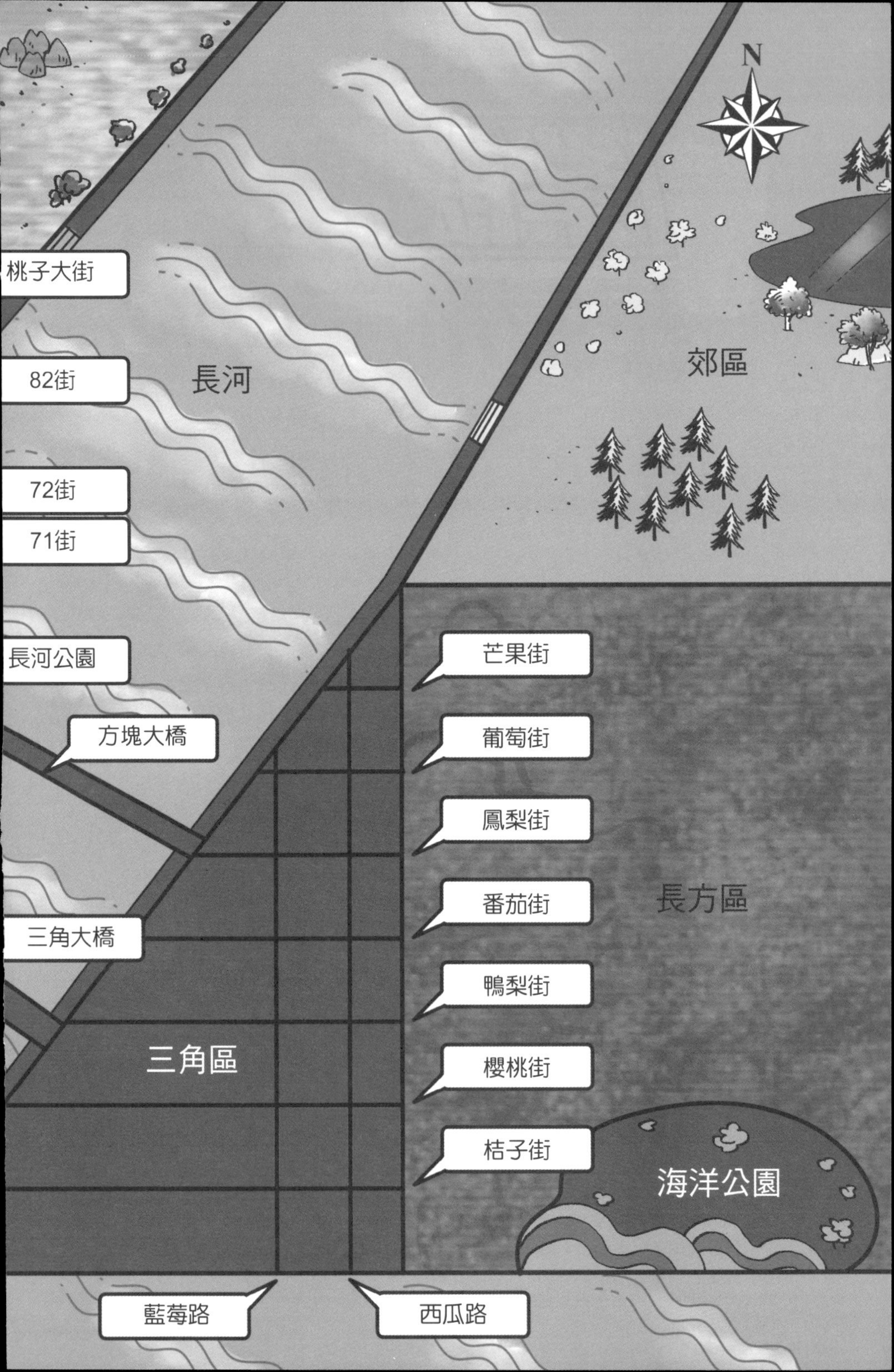
N
桃子大街
82街
長河
72街
71街
長河公園
方塊大橋
三角大橋
三角區
郊區
芒果街
葡萄街
鳳梨街
番茄街
長方區
鴨梨街
櫻桃街
桔子街
海洋公園
藍莓路
西瓜路

郊區
桃子水庫
半圓區
方塊電視臺
森林
直線大河
橢圓公園
N大道
H大道
方塊區
橢圓市立第三小學
D大街
C大街
阿博家
大海
圓圈島

業餘超人

搶救笨蛋劇組

人物介紹

牛　頓

流浪街頭時被阿博收留，是隻穩重可靠的諾福克梗犬，更是阿博倚重的好幫手。

業餘超人

在橢圓市打擊犯罪的超人，表現有點業餘，但他的熱心與正義感很受市民肯定。真實身分不詳。

阿　博

天才小學生，專長是電子學，喜歡發明。夢想成為偉大的詩人，非常積極的向每一家出版社投稿。

莎士比亞

阿博養的鸚鵡，總是很聒噪，喜歡惡作劇，最愛看電視節目《一群小笨蛋》。

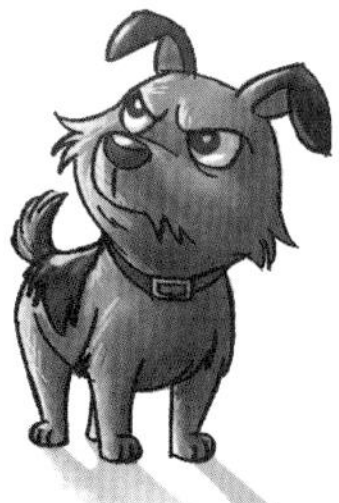

麗麗太太

阿博的媽媽，常常碎碎念，又老是被兩隻寵物作弄，但從不干涉兒子進行各種奇怪的發明。

阿　達

阿博的同班同學，立志要查出業餘超人的真實身分。

平平警長

橢圓市的警長，率領強悍的團隊保護市民，業餘超人的幫忙有時讓他哭笑不得。

加　菲

阿達養的狗，長得很像主人。

小笨蛋被劫持

牛頓看完一本書的最後一頁，牠闔上書，非常滿意的點點頭，站起來走到也在看書的阿博身邊。

「這本《海洋深處的奧祕》寫得真好。」牛頓舉起手裡的書，看著阿博，「你看了嗎？」

「我還沒空看呢！」阿博抬頭看牛頓一眼，「最近飛行背包的加速線圈總是故障，我一直在查資料。」

「嗯。」牛頓說著走到書架前，飛快的從架子上拿出一本書，轉身走向阿博。

「喂！」莎士比亞興沖沖的從一排書架上鑽出來，拍著翅

膀，牠一直躲在那裡，想嚇唬牛頓或者阿博，不過當牠跳出來時，牛頓已經轉身，惡作劇落空讓莎士比亞感到非常失望。

「我知道你在那裡，出來，一點也不好玩。」牛頓邊走邊說。

「噢……」莎士比亞一臉遺憾，「我都等老半天了……」

「還真是個弱智的遊

戲。」牛頓搖搖頭，把書拿給阿博，「這本也不錯。」

「拜託，你們不要總是看書。」莎士比亞揮舞著翅膀，「我這個遊戲很好玩呢！早上我從洗衣機裡飛出來，嚇暈麗麗太太……」

「什麼？」阿博叫了起來，「你又把我老媽嚇暈？」

「她已經醒了。」莎士比亞很得意的說：「當時她尖叫一聲就……」

「啊——」一聲尖叫傳來。

「不是我做的！」莎士比亞愣住，馬上又大喊起來，「我正在和你們說話呢……」

「是窗外。」牛頓和阿博一起衝到窗邊，窗外又傳來幾聲狗叫。

阿博房間窗外約十公尺遠的距離，有一棵大樹在人行道旁邊。阿達正痛苦的躺在樹下，他呻吟著，很明顯是剛從樹上掉下來，他的狗加菲對著他叫。

阿達慢慢的爬起來，手上還拿著一個望遠鏡。阿達抬起頭，看到了阿博。

「嘿嘿嘿……」阿達尷尬的笑起來，「我……我的望遠鏡掉到樹上了，我……」

「原來如此，你爬到樹上去拿望遠鏡。」阿博接過話，「拜託！下次找個好一點的理由，可以嗎？」

阿達不說話了，他站起來，轉身往自己家跑去，加菲跟在他身後，一路吠著。

「加菲那隻笨狗在叫什麼呢？」莎士比亞問。

「牠在問主人有沒有看到什麼。」牛頓一臉憤怒，「這個偷窺狂！一定想刺探我們的祕密，拿去爆料、賣錢！」

「不要管他。」阿博轉身，「真是討厭。」

「《一群小笨蛋》播出時間到了，我準時收看。」莎士比亞飛到沙發上，打開電視。

就在這時，幾十條街外的橢圓市方塊電視臺片場，《一群小笨蛋》節目正在拍攝中，這可是一部連播五年的喜劇，橢圓市的市民都愛看這個節目。

《一群小笨蛋》的主角有四個，分別是一笨蛋、二笨蛋、三笨蛋和四笨蛋。他們心地善良，但就是天真又遲鈍，他們的死對頭是一個叫查理的大壞蛋，劇中描述正反兩方的大對決。由於主角和配角的行動都又笨又好笑，所以劇名叫《一群小笨蛋》。

「燈控注意啦！要一直跟著查理派來的綁匪……」導演指揮著現場，「準備開拍了！」

片場一片忙碌，四個小笨蛋演員在布景前悠閒的喝咖啡，等一下壞蛋查理派來的歹徒要破門而入劫持他們，這就是今天要拍的戲。

「第二場，準備——」場記走到攝影機前，打開場記板，然後快速闔上，「Action！」

攝影機對準大門，導演也看著那扇門，小笨蛋演員們都熟記了劇本，等著被劫持。

「砰！」的一聲，大門被一腳踢開，一高一矮兩個歹徒拿著手槍和炸彈衝了進來，模樣很凶悍。

「很好，比彩排時好多了，很逼真。」導演一臉興奮，但是又突然愣住了，「場記，不是這兩個人，演綁匪的是我舅媽的三叔的表弟的姪子的大外甥和我舅媽的三叔的表弟的姪子的二外甥……」

「全都舉起手來！」高個子綁匪站在大門口，氣勢凌人的

看著大家，「你們都被綁架了，不要亂動！」

「聽見沒有，你們都被綁架了！」矮個子綁匪跟著大喊，他有點胖，手中高舉著一枚炸彈。

「你們……」導演站起身來，「我舅媽的三叔的表弟的姪子的兩個外甥呢？」

「你說那兩個笨蛋？」高個子綁匪瞪著導演，他指了指門後，「被我打昏了！」

導演驚呆了，他看到門後躺著兩個人，那兩個人正慢慢的爬起來，然後驚恐的跑掉了。

「都給我老實點！」矮個子綁匪得意的舉起炸彈，「不老實就……」

劇組一片驚恐，大家開始慌了，有人想逃跑，但是看到綁匪手中的槍和炸彈，都不敢亂動。

「當然，還有我們的主角。」高個子綁匪走近四個小笨蛋演員，「哼！方塊臺的臺柱，現在都在我手裡了。咦，查理好像不在？」

「今天沒他的戲。」導演小聲解釋。

「哦！真不巧。」高個子綁匪聳聳肩，「不過有四個笨蛋就夠了，哈哈。」

「請問，你為什麼這麼得意？」小笨蛋演員中的四笨蛋舉起手小心翼翼的問。

「因為我要發財了！」高個子綁匪看了看四笨蛋，「靠你們發財！」

「發什麼財？」四笨蛋疑惑的看著綁匪。

「你。」高個子綁匪沒理他，他看看人群，指了指其中的一個，「過來。」

「叫我嗎？」那人的臉漲得通紅，渾身發抖，他慢慢的向前走幾步，「我沒錢，我是個跑龍套的，昨天演司機，今天演清潔員，事實上我只是方塊臺的清潔員……」

「原來如此，你被釋放了。」高個子綁匪點點頭。

「我也是清潔員！」高個子綁匪話音剛落，現場十幾個人一起喊道，導演也跟著喊。

「我也是……」一笨蛋的聲音最大，他忽然看到高個子綁

匪瞪著自己，馬上放低了聲音，「演員，我是個演員……」

「你們都閉嘴！」高個子綁匪怒視著他們，隨後，他看著被釋放的那個人，說：「你去告訴方塊電視臺的老闆，準備一千萬……」

「零三百一十五元三角四毛。」矮個子綁匪補充。

「對，一千萬零三百一十五元三角四毛和一架直升機，停在攝影棚外的院子裡，要快。另外，你要告訴員警，別想要攻進來，一旦他們攻堅，我就引爆炸彈！」

「是，是，是。」那人連忙點頭，「一架直升機和一千萬三百、三百……怎麼還有零錢？」

「三百一十五元三角四毛！」矮個子綁匪大聲提醒，「買槍和炸彈的錢也算進去了，這都是成本！」

「是，我知道了。」那人立即說：「一千萬零三百一十五元三角四毛。」

「快去！」

那人慌忙向攝影棚大門跑去，整個布景是搭建在攝影棚內的，攝影棚面積有三百多平方公尺。

「迪迪，你去守住大門。」高個子綁匪命令同夥，「哼！員警馬上就要包圍這裡了。」

「好的，你看住他們。」叫迪迪的同夥跑向大門，邊跑邊興奮的說：「發財了，就要發財了……」

迪迪走後，高個子綁匪環視現場一圈，手裡的槍依然指著人群。被他們綁架的是《一群小笨蛋》劇組的主要班底，一共有十幾個人。

「手放下，全都坐到中間去。」高個子綁匪揮舞著槍，「坐好不要亂動，要是你們的大老闆辦事俐落，不用多久你們就自由了。」

人們順從的集中到攝影棚中間，乖乖坐在地上。高個子綁匪把迪迪的那枚炸彈放到一張桌子上，桌子距離大家只有幾公尺遠，接著他舉起了手中的引爆遙控器。

「誰都別想耍花樣。」高個子綁匪很嚴厲的說：「誰要是敢亂動或者逃跑，我就……」

「不要呀！」二笨蛋搶著說，他頭上都是汗，「我們聽你的。」

「這就對了。」高個子綁匪非常滿意的看著二笨蛋，「各位只是人質，掏錢的是你們的老闆，這事過了以後，你們繼續演戲，賺你們的大錢。」

「演員賺大錢，但我可沒賺什麼錢。」場記小聲的嘀咕了一句。

「我也是……」燈光師和道具師跟著說。

「嗯？」高個子綁匪看了看他們，他們立刻安靜。

「威利，電視臺派人來了。」迪迪這時跑了過來，「叫我們冷靜，不要傷害人質。」

「少廢話，叫他們拿錢出來。」叫威利的高個子綁匪大聲喊道：「等等，員警來了嗎？」

「沒有，不過我看到《楕圓時報》和《楕圓新聞報》的記者，他們對著這邊照相，保全在阻止他們。」

「嗯？記者先來了？」威利一愣，「剛才那傢伙沒有報警嗎？」

「報警沒有錢拿，但爆料給報社有錢賺呀！」導演看著威利說。

「哇！這麼狡猾。」威利翻了翻白眼，「當清潔員真是委屈他了。」

「他不是清潔員。」一笨蛋苦笑一下，「他是這部戲的編劇。」

「啊？被他騙了。」迪迪接過話，「要是編劇在我們的手上，能多要兩百塊錢。」

「去大門守著！」威利沒好氣的對迪迪喊道。

這時，在幾十條街外的阿博家，《一群小笨蛋》節目剛播完，莎士比亞心滿意足的去玩了，牛頓坐到沙發前，切換到楕圓市三角電視臺，這臺的新聞是他要看的。

「本臺已經多次接到橢圓市居民反映，宣稱有一頭水怪在橢圓市周邊水域出現，因為沒有影片或照片佐證，目前僅僅是猜測……」電視裡，一位主持人正在進行新聞報導，「歡迎繼續收看我們的節目，這裡是三角電視臺……」

「噢，大水怪。」牛頓似乎非常感興趣，「阿博，《海洋深處的祕密》那本書說深海真的有水怪呢！」

「報紙上也報導了。」阿博已經開始玩手機遊戲，他低著頭，有些手忙腳亂，這款新下載的遊戲很難過關，「說有好幾個目擊者……」

正在這時，播報新聞的主持人神色一變，稍稍停頓後，一抹喜悅忽然顯露在他嚴肅的臉上。

「各位觀眾，本臺剛得到最新消息，位於82街惡名昭彰的方塊電視臺發生劫案，無人觀看、收視率為零的《一群小笨蛋》劇組遭到劫持，這一定是某個憤怒的觀眾做的，所有的觀眾早就發出了怒吼，為什麼黃金時段不收看三角電視臺的《橢圓達人秀》呢？讓我們將畫面交給本臺記者現場連線……」

電視畫面切換到方塊臺的電視劇攝影棚大門口，方塊臺所有

電視劇都在這個片場拍攝和製作，然而總公司不在這裡。片場是個臨街的園區，四周有圍牆，中心區域是幾個和廠房一樣、大小不一的攝影棚。大門聚集了大批記者與圍觀人群，亂哄哄的，保全正在阻攔記者，從鏡頭看過去，可以看到最大的那個攝影棚，這正是《一群小笨蛋》的拍攝場地，攝影棚的門緊閉著，門口沒有一個人，三角臺的記者拿著麥克風，播報裡面的情況。

看到這個新聞，阿博和牛頓都愣住了，阿博停下手中的遊戲，他也愛看《一群小笨蛋》節目，覺得很搞笑。

「莎士比亞——」阿博盯著電視，大叫起來，「《一群小笨蛋》劇組被劫持了，快來看新聞……」

「嘿，想叫我過來也不用編這種理由吧？」莎士比亞飛進房間，「我要去晒太陽了，還沒躲起來嚇你老媽呢！」

「不是，你快看！」阿博激動的指著螢幕。

「……據悉，綁匪有兩人，綁架動機還不明朗。」三角臺記者眉飛色舞的對著鏡頭說：「有消息指出劫匪以此要脅方塊臺，要求巨額贖金，因為《一群小笨蛋》這個零收視率的節目矇騙了眾多廣告商，成為該臺最賺錢的節目。也不排除是憤怒的觀眾對這個節目已經忍無可忍，事實上三角臺的《橢圓達人秀》才是最受歡迎的，這幾年一直保持著百分之一百二十的收視率……」

「哇！是真的。」莎士比亞瞪大了眼睛，「小笨蛋被劫持了，一定是查理派來的人做的。」

「那是劇情，這是真的被劫持了。」阿博說：「這不是演習，也不是演戲。」

「我去拿爆米花。」莎士比亞眼睛盯著電視螢幕，飛去拿爆米花了。

「可靠消息，綁匪開出一千萬……零三百多的贖金，方塊臺那吝嗇的老闆會不會給呢？我們拭目以待。」三角臺的記者繼續興奮的說明，「這下方塊臺要破產了，三角臺能重新奪回楕圓市傳媒業老大的地位，也不會裁員了……啊，不好意思，我們回到綁架案……」

電視裡，警笛聲響起，大批員警出現了，他們迅速封鎖現場，記者都被趕到離大門幾十公尺遠的地方，幾十個全副武裝的員警衝進片場大門。

「看，員警來了，要解救人質了。」牛頓看著畫面，然後和阿博對看一眼。

「噢，小笨蛋們，真是可憐。」莎士比亞晃著腦袋，「沒想到三角臺也開始播《一群小笨蛋》了，他們和方塊臺不是競爭對手嗎？」

「阿博都說了，這是新聞。現在所有電視臺都在轉播。」牛頓受不了的搖搖頭，「這不是電視劇。」

說著，牛頓開始轉臺，果然，連長方臺、圓圈臺等都在播放各自記者的現場連線，牛頓切到方塊臺的新聞頻道，莎士比亞連忙喊停，牠要看方塊臺自己的新聞報導。

「現在綁匪和警方正處於對峙狀態，綁匪有兩人，不排除是三角臺由於競爭不過我臺使出的卑鄙手段。綁匪傳來訊息，表示在攝影棚裡放置炸彈，目前除了沒來劇組的查理外，還有編劇和兩個臨時演員成功脫逃，其餘劇組成員均遭劫持。」方塊臺新聞頻道的記者對著鏡頭，憂心忡忡的說：「我臺董事長非常關心此事，為此放棄差點過關的糖果連連看遊戲，前往攝影棚……」

「我看到乎乎警長了。」牛頓盯著電視畫面，「嗅，還是那麼胖，他的能力有限，這下人質的安全令人擔憂……」

「嗨！阿博，我的主人。」莎士比亞大喊起來，「還等什麼？你不去救他們的話以後就看不成《一群小笨蛋》了，我喜歡看《一群小笨蛋》。」

「事實上……」阿博看著電視螢幕，「我正在考慮從哪裡攻進去，一舉制服綁匪。」

「又有事情做了。」牛頓跳下沙發。

不成功的登場

阿博走進房間，不一會兒，他就穿好緊身戰衣，飛行背包也背好了。

「好，莎士比亞，我去救你的偶像。」阿博說：「等等就能在電視上看到我了，好好欣賞我的飛行姿態。」

「你要小心。」莎士比亞說道：「那傢伙有人質在手，千萬不要傷到一笨蛋、二笨蛋、三笨蛋，還有四笨蛋，尤其是四笨蛋，他最笨，我超愛他……」

「現在還不能出去。」牛頓的聲音傳來。

「怎麼了？」阿博和莎士比亞一起問。

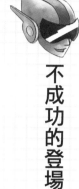

「阿達在拍照。」牛頓趴在窗檯上向外看。

住在斜對面的阿達守在陽臺，舉著一架照相機，鏡頭對準阿博家的窗戶，他猜到阿博要從窗戶裡飛出去拯救人質。

「這個傢伙！」阿博一臉憤怒，他按下一個按鈕，「我啟動相機成像干擾系統飛出去，他就拍不到了，不過這樣會耗費我的能量。」

「大批員警趕到，記者和圍觀人群被警方疏散到更遠的距離。」電視裡，傳來記者的報導聲，「根據慣例，這是警方即將展開攻堅的信號……」

「哇！就要攻堅了。」莎士比亞喊道：「四笨蛋，祝你好運！」

「這麼快就攻堅？」阿博趕緊按下干擾開關，再按下啟動

開關，牛頓推開窗戶。「我走了。」

「嗖——」的一聲，阿博飛了出去。

「咔嚓！」阿達在陽臺上按下快門，他連拍三張照片，阿博已經不見了蹤影。

「我就知道你要飛出來。」阿達看著天空，得意的笑了。

阿博起飛後，立即往

82街的案發現場高速飛去，都還沒靠近片場，遠處就傳來沉悶的爆炸聲，阿博往聲音傳來的方向望去，看見煙霧升起，那就是方塊臺的片場。

「果然動手了。」阿博有點擔心人質的安全，不過他能分辨出來，那爆炸的煙霧應該是催淚瓦斯，警方想用這種手段燻倒綁匪，人質要是被燻倒也無大礙。

「砰！砰！砰！」幾聲刺耳的槍聲傳來，有人開槍了，阿博心裡一驚，全速往現場飛去。

阿博很快就飛到片場上空。地面上，一大隊員警正在從最大的那棟建築撤退，顯得非常慌亂，有人正從屋裡往撤退的員警開槍，員警沒有還擊。

天空中，一架直升機在攝影棚上空盤旋著，一個手持狙擊槍，戴著耳機的員警坐在直升機的艙門，雙腿掛在外面，駕駛員圍著那攝影棚繞圈子。

「看，是業餘超人！」地面上，幾個圍觀的人看到了天空中的阿博，頓時興奮起來，他們指著阿博大叫，引起更多人抬頭看到阿博，所有記者們的攝影機和照相機都對準了他，快門按個不停。

「業餘超人隆重登場——啊，隆重登場——」阿博感到很得意，他對人群揮著手，「啊——隆重——」

「業餘超人先生！」直升機飛了過來，上面的狙擊手對阿博招手，大聲喊著他的名字。

「現在不能幫你簽名。」阿博也招招手，「我要去抓綁匪了。」

「我沒有要簽名。」狙擊手說，直升機飛到阿博身邊，螺旋槳的聲音很大，狙擊手大聲對著阿博喊。

阿博索性飛到駕駛艙裡，狙擊手一把拉住阿博。

「業餘超人先生，你知道下面什麼情況嗎？」

「就是《一群小笨蛋》劇組被劫持了。」阿博說：「綁匪在攝影棚裡，我要去救人質。」

「我來簡報一下情況。」狙擊手大聲說：「我們包圍現場後，先由談判專家去談判，綁匪不肯放下武器，我們攻堅了兩次，第一次衝到門口，綁匪說要引爆炸彈，我們就退出來了。第二次攻堅我們使用催淚瓦斯，想燻倒綁匪，但是他們都戴著防毒面具，還對我們開槍，我們又撤出來。對了，第一次攻堅的時候，導演趁亂跑了，第二次化妝師化妝成一個箱子逃了出來。」

「好厲害的化妝師啊！」阿博驚嘆道：「綁匪是兩個人，對吧？」

「根據我們掌握的情報，有兩個人，一個叫迪迪，個子不高，傻乎乎的，另一個高個子叫威利。談判專家說他們這樣稱呼對方。矮個子綁匪在談判專家離開的時候大聲否認自己叫迪迪，同夥叫威利，還被威利踢了一腳，所以我們確定他們叫這個名字。」

「好的，一個迪迪，一個威利。」

「啊，請稍等……」狙擊手聽著耳機傳來的聲音，對阿博擺擺手示意他先安靜，「乎乎警長要我轉告你，以人質安全為優先，衝進去後先談判，不能激怒綁匪，更不能貿然攻擊，他們真的有炸彈。」

「我會小心的。」阿博點點頭，隨後，他縱身一躍，跳出直升機，向攝影棚飛去，「業餘超人，正式登場──」

阿博一邊喊一邊快速下降，他看準攝影棚屋簷下的窗戶，筆直衝進攝影棚。「哐啷」一聲巨響，阿博用頭盔撞破玻璃，他的速度極快，進入攝影棚後沒有著地，而是繼續撞向對面的窗戶，又是一聲巨響，那扇窗戶也被他撞破，他立刻又撞向隔壁的攝影棚，衝進去後又撞破這間攝影棚的窗戶，再從裡面飛了出來。

阿博最先衝進去的攝影棚就是人質所在地，窗戶被撞破之後，威利和迪迪以為員警衝進來了，剛想反擊，看到一個人轉瞬間又衝了出去，他們面面相覷，不解的聳聳肩，隨後看看那

些人質，人質們都邊咳嗽邊揉眼睛，他們剛才被催淚瓦斯燻得鼻涕眼淚直流。

「唉！我的眼睛還是看不清楚，剛才有個什麼東西飛過去嗎？」四笨蛋看看一笨蛋，「不會是幽浮吧？哇！我也是幽浮的目擊者了。」

「都什麼時候了，還想當目擊者。」一笨蛋哭喪著臉，「老闆還不快給他們錢，一點也不關心我們。」

「編劇和導演都跑了，他們可以另外成立一個劇組了。」

二笨蛋也哭喪著臉。

「可是觀眾喜歡的是我們。」三笨蛋爭辯道：「我出入都有狗仔隊跟著……」

「喂，說什麼？想逃跑是嗎？」威利大聲喝問：「誰敢跑我一槍……」

四個笨蛋馬上閉嘴，其他幾個劇組成員一直後悔剛才只顧趴在地上，沒跟著導演跑掉。

穿樓而過的阿博降落在大街上，圍觀人群立即圍了上來，阿博看到那些人，招招手。

「喂！業餘超人先生，你在做什麼？」直升機飛過來，上面那位狙擊手對阿博高聲喊道。

「是呀，我在做什麼。」阿博敲敲頭盔，他看看衝上來的人群，「噢，我是來抓綁匪的……好，你們等一下。」

阿博對直升機揮揮手，縱身起飛，他飛到人質所在的攝影棚，從被撞破的窗戶「嗖——」的一聲又飛了進去。

看到阿博再次飛進來，威利他們又嚇了一跳。阿博在攝影棚裡穩穩著地。

「喂，你搞什麼？」迪迪不滿的叫起來，「飛行表演去別的地方，沒看我們正在忙嗎？」

「業餘超人。」威利一眼就認出了阿博，「迪迪，這傢伙是業餘超人。」

「業餘超人也不能妨礙別人。」迪迪眉毛一揚，「這裡可是綁架現場……」

「你這笨蛋，他就是來管這件事的！他老是愛管閒事。」威利懊惱的搖搖頭，他一直用槍指著阿博。

「知道我來的目的，就快放了人質。」阿博義正詞嚴，「我的厲害你應該知道。」

「我知道你不怕子彈。」威利冷笑一聲，他晃晃手槍，又晃晃手裡的引爆遙控器，「不過你最好認清人質的處境。」

聽到他的話，阿博才看向威

利身後，只見人質們垂頭喪氣的坐在地上，他們身邊的桌子上擺著一枚大炸藥。

「嗨！」四笨蛋對著阿博微微地揮手。

阿博也對他擺擺手。

「看清楚了嗎？」威利舉起遙控器，手指壓在紅色按鈕上，「你要是敢攻擊我，我就引爆，到時候大家一起完蛋。啊！差點忘記你是不怕的，可是那一群笨蛋就不好說了。」

「你不要亂來。」阿博連忙舉起雙手，同時向後退兩步，「千萬不要傷害人質。」

「這還差不多。」威利見威脅奏效，相當得意，「不要亂來的是你們，否則人質就死定了。」

「你們冷靜點……」阿博看著桌子上的炸彈，一時無計可施。遙控器就在綁匪手裡，要是去搶炸彈或遙控器，綁匪能隨時引爆。

「我們正要叫員警上來聊一聊，你就傳個話吧！」威利微微一笑，「我現在要兩千萬元了，直升機還是一架，給你們半天時間準備，否則……」

「哇——怎麼漲價了？」迪迪瞪大眼睛看著同夥，「我們做綁匪的應該講誠信，不是說好一千萬零三百一十五塊三角四毛嗎？」

「笨蛋！」威利指著人質，「員警攻擊我們，導演和一個箱子……啊，是化妝師也跑了，這是懲罰。」

「對，是要懲罰。」迪迪恍然大悟，「不過，還有三百一十五塊三角四毛，這個也要算上，兩千萬零三百一十五塊三角四毛……」

「完啦！完啦！」笨蛋在一邊叫了起來，「我們老闆出名的吝嗇，一千萬可能都不同意，兩千萬就更不會同意了！兩百塊他才可能和你們商量。」

「兩百塊？連成本都不夠，綁架也是有成本的好嗎？」迪迪大叫起來。

「你們可是大明星，拍一集電視劇能為你們公司賺多少錢還不知道嗎？」威利對一笨蛋晃晃遙控器，隨後看看阿博，「再敢攻擊我們就漲到三千萬！」

「沒錯，」迪迪跟著叫起來，「漲到三千萬零三百一十五塊三角九毛，少一毛錢都不行！」

「等一下！」阿博突然說，他皺著眉頭，「我想想……對了，剛才我聽到的是三百一十五塊三角四毛，怎麼變成三角九毛了？」

「我也漲了五毛錢，不行嗎？」迪迪理直氣壯的說。

「亂漲價！」一笨蛋忍不住又叫了起來，「現在物價飛漲就是你們這些傢伙害的。」

「你閉嘴！」威利和迪迪一起瞪著一笨蛋，一笨蛋怕他們再漲價，低頭不再說話。

「好了，你們不要亂來。」阿博知道一時很難解救人質，「我這就去找警方，把你們的意思告訴他們，但你們一定要保證人質的安全。」

「你快去，我們的時間寶貴。」威利晃晃腦袋，「來晚了可就難說嘍！」

「對，我們時間寶貴。」迪迪也晃晃腦袋，「我還要看晚上播出《一群小笨蛋》最新一集呢……」

「是我把查理的頭打了一個大腫包那集嗎？」四笨蛋突然眼睛一亮，興奮起來，「這集我演得很賣力呢！你也是我們劇的粉絲嗎？」

「這集你把查理的頭打了一個大腫包嗎？」迪迪也激昂的說：「我很喜歡看你們的戲，所以才想到要綁架你們，而不是

《橢圓達人秀》的節目組呀。」

「那我還要感謝你，釋放我們的時候我給你簽個名。」四笨蛋眼睛發光。

「好呀好呀，幫我簽在衣服上……」

「你們兩個說完沒有？」威利瞪著他們，「釋放？有那麼容易嗎？」

說完，威利看著阿博。

「你們等著，我馬上去。」阿博說著就向外跑去。

出了攝影棚的門，阿博看到不遠處停著的警車後有七、八支槍伸出來對著自己。

「站住！」一個警官看到阿博跑了出來，探出頭大喊：「不要過來，再過來就開槍了！喂，你怎麼還過來？再過來真的開槍了！喂，怎麼還過來？我真的開槍了！喂，我可真的……

咦？你真的過來了？」

「我是業餘超人，我要找乎乎警長。」阿博走到那個警官面前，用胸口頂著槍口，反正他不怕子彈。

「業餘超人。」那個警官眨眨眼，

「噢，確實是，裡面的情況怎麼樣了？」

「不太好。」阿博走了過去，

「他們用炸彈威脅人質的安全，又提了條件，乎乎警長在哪裡？」

「旁邊那個房子，現在是指揮中心。」那個警官說：「我帶你去。」

牛頓的計畫

阿博跟著那個警官來到旁邊的房子裡，乎乎警長正是負責這次事件的現場指揮官。

一進門，阿博就看到乎乎警長一副很焦急的樣子。阿博馬上把綁匪的話告訴了他，還說綁匪拿著引爆遙控器，隨時都能按下按鈕。

「他們是兩個人，對吧？」警長問：「剛才跑出來的化妝師好像被瓦斯燻昏頭了，一下說有三個，一下說有四個。」

「我確定是兩個，都持有武器。」阿博說：「人質被集中在攝影棚中間，旁邊的桌子上擺著一枚炸彈。」

「真是棘手，業餘超人先生，你有什麼辦法？」乎乎警長很為難的說：「我們掌握了一些情況，叫威利的傢伙很不好對付，他曾在特種部隊服役，熟悉一切警方應對綁架的戰術，叫迪迪的傢伙是他的表弟，也曾在特種部隊……」

「什麼，兩個特種兵？」阿博苦笑。

「不是，是一個。」乎乎警長搖搖頭，「威利是特種兵，迪迪曾在特種部隊的駐地打掃環境，這是一份兼職工作，是他學生時代做的。」

「還好不是兩個。」阿博鬆了口氣。

「一點也不好。」乎乎警長說：「威利手段高超，非常難以對付，所以想聽聽你的意見。」

「攻堅……不行。」阿博搖著頭說：「本來我一炮就能把他炸飛，可是這傢伙要是情急按下按鈕，人質就完了，所以不能把他逼急，要想些別的辦法。」

「具體而言是什麼辦法呢？」乎乎警長愁眉苦臉，「這傢伙連防毒面具都準備了，他知道我們所有的營救步驟。」

「這……」阿博低著頭，忽然，他想起了什麼，「啊，還要馬上答覆他，他要贖金和直升機，贖金漲到兩千萬……零三百多，說是對你們攻堅的懲罰，還要盡快答覆他，否則人質有危險。」

「兩千萬了？一千萬這裡的老闆都不肯出。」乎乎警長大叫：「你去告訴綁匪籌錢不容易，盡量拖時間。」

「那我先去和他說。」阿博點點頭，「這傢伙手不離引爆遙控器，要是能讓他放開遙控器，我當場就炸飛他。」

「千萬不要！」乎乎警長慌忙的搖手，「你的名字是業餘超人，實際上你的水準也確實業餘，我一點都沒有誇獎你的意思，謝謝你的幫忙，但不要擅作主張……」

「知道。」阿博有些生氣，「不需要把話說得那麼直白，我知道你不是在誇獎我！」

阿博氣呼呼的往外走出去，他也明白自己的水準業餘，不過乎乎警長的水準也高不到哪裡去。阿博再次來到攝影棚。

「站住！」看守在門口的迪迪聽到腳步聲，探出頭喊道：「不要過來，再過來開槍了！喂，你怎麼還過來？再過來真的開槍了！喂，怎麼還過來？我真的開槍了！喂，我真的要……咦？你真的過來了？」

「我是業餘超人。」阿博走到迪迪的面前，用胸口頂著槍口，「我來傳話了。」

「啊，難怪這麼眼熟。」迪迪眨眨眼。

阿博走進攝影棚，只見人質都用盼望的眼神看著自己，威利拿著遙控器，坐在沙發上。

「威利先生，我和警方說了你們的條件……」

「等等。」迪迪走過來，「我說過了，他不叫威利，我也不叫迪迪，難道要我登報聲明嗎？」

「可是大家都認為你們就叫這兩個名字，我也認為你們就叫威利和迪迪。」

「我們真的不叫威利和迪迪。」迪迪著急了，他看一看威利，「對吧？威利。」

「夠了！」威利瞪了迪迪一眼，「隨便他們，你以為人家都像你一樣笨？」

「威利先生。」阿博聳聳肩，「我和警方說了你們的條件……」

「等等。」威利擺擺手，打斷了阿博。

「要解釋你不叫威利？」迪迪連忙看著同夥。

「滾一邊去！」威利踢了迪迪一腳，他盯著阿博，「員警是不是要你說，籌錢不容易，盡量拖延時間？」

「這個……你怎麼知道的？」

阿博問。

「廢話，這是警方一貫的對策，連電視裡也都這樣演。」威利不屑的說：「哼！我知道你們肯定已經查出了我的身分，我就是威利……」

「我就是迪迪！」迪迪又湊過來，在阿博面前揮揮拳頭。

「我以前可是特種部隊的，你們那一套我都知道。」威利繼續說。

「我也是特種部隊的，我掃地最乾淨。」迪迪又跟著說。

「滾！」威利一腳踢在迪迪屁股上，「多嘴的笨蛋！」

迪迪慘叫一聲，去看守門口了。

「威利先生，你聽我解釋。」阿博認真的說：「一下子湊齊兩千萬是真的有難度，哪裡找這麼多現金呀？警察局又不是銀行，就是銀行也不可能準備這麼多現金……」

「好了，不用多說了。」威利看看手錶，「四個小時，我只給你們四個小時，四小時內把錢拿來，還有直升機，要是不照辦，哼……」

「五個小時可以嗎？」阿博問。

「四個小時。」威利斬釘截鐵。

「四個半小時……那麼，四小時二十九分，四小時二十八分？」阿博繼續討價還價。

「再囉嗦就三個小時。」

「好，好，我去說一下。」阿博轉身往外走。

「你還有三小時五十九分。」威利的聲音從身後傳來。

「站住。」迪迪在門口攔住阿博，「你等等送些吃的來，我要求不高，漢堡就可以。當然，要是海鮮大餐我也不反對，再帶一些蠟燭過來我就能布置個燭光晚餐了。」

「廢話真多。」威利的聲音傳來，「弄些速食就可以了，快點，人質也要吃飯，一起送來。」

「準備速食的時間不算在四小時裡——」阿博往攝影棚裡面喊道。

「快去！」威利不高興的喊回去。

「好，我馬上去。」阿博怕激怒威利，連忙離開。

阿博來到指揮中心，把綁匪的要求告訴乎乎警長，乎乎警長和幾個警官都皺著眉頭，不知道下一步該怎麼辦。

「好了，你們先在這裡想。」阿博看看乎乎警長，我「先回去一下，馬上來⋯⋯」

「做什麼呢？」乎乎警長連忙問。

「搬救兵啊！」阿博說著向外走去，「我的兩個幫手，原以為我能一下就搞定……」

阿博來到外面，他縱身一躍，飛了起來，很快就飛回到家中。

「嗨！大英雄回來了。」莎士比亞吃著爆米花，牠和牛頓正在看電視直播綁架事件。

「別吃了，進來吧！」阿

博拍拍背包，「這麼盛大的演出，不能少了你們兩個。」

「這點小事都搞不定。」牛頓抱怨著鑽進背包，「什麼事都要我出馬。」

莎士比亞也鑽進了背包，阿博縱身一躍，飛出窗外。在外面現身時，牛頓和莎士比亞會利用電子成像系統，將外形變成狼狗和老鷹，不但能震懾犯罪分子，也能防止外界透過寵物找到阿博。

沒一會兒，阿博就到了指揮中心，警官們還聚在一張桌子前，圍著片場的平面圖研究對策。

「想出辦法了嗎？」阿博湊上去問：「都過了快半個小時了……」

「沒有。」乎乎警長看看阿博，「剛才方塊臺的老闆又打電話來，說籌不夠贖金，他根本就沒打算付贖金，就算有，也不能輕易就付，否則還會有類似的案件發生，可是強行進攻的話，他們又有炸彈……」

「研究了大半天，就研究出來這個？」牛頓搖搖尾巴，很不滿意。

「你說得輕鬆，這類案件最難處理。」乎乎警長不滿的看了一眼牛頓，「還好我養的那隻狗不會說話，會說話的狗真的是夠煩人。」

「警長，他們可是名人呢！」一個警官好奇的看看牛頓，又看看莎士比亞，「會說話的狼狗和老鷹，有意思。」

「嘿，你要是看到我吃飯會更有意思。」莎士比亞拍著翅膀，飛到那個警官面前，「都中午了，我好餓，抓綁匪也要吃

飯吧？」

「是要吃飯。」乎乎警長想起了什麼，「綁匪剛才也要吃的，我還沒準備……」

「我有主意啦！」牛頓突然喊了起來，「嘿嘿嘿，我可真是聰明，我都被自己感動了。」

「你有什麼主意？」阿博和乎乎警長一起看著牛頓，在場的員警也都好奇的望著牠。

「在漢堡套餐裡加上些安眠藥，綁匪就能全都昏睡。」牛頓搖搖尾巴，「問題不就解決了？」

「你就會亂想……」阿博順口說，不過立刻眨眨眼，「可以試試呀！」

「嗯。」警長點點頭，「可以試試，真的可以試試。」

「不保證一定成功，但是一定要試試，總好過你們在這裡什麼都不做。」牛頓說：「十個漢堡。」

「你說什麼？十個漢堡？」乎乎警長詫異的問。

「他是說報酬。」非常了解牛頓的莎士比亞補充說明。

「對，十個漢堡，當然，是沒放安眠藥的，放了安眠藥的給綁匪，給我的不許放。」牛頓說。

「這沒問題。」乎乎警長馬上答應，他的臉上有了喜色，「會說話的狗想的主意真不錯。喂，我媽媽要來我家住兩個星期，你出個主意讓她少住些日子，你不知道她有多嘮叨……」

「這還不容易，讓莎士比亞去你家嚇唬她。」

「嚇唬她？不好吧！」乎乎警長眨眨眼睛，「現在是工作時間，我們先處理在漢堡裡放安眠藥的事。」

廣 告 回 函
臺灣北區郵政管理局 登記證第 14437 號
免 貼 郵 票

讀書共和國 BOOK REPUBLIC www.bookrep.com.tw

23141 新北市新店區民權路 108-2 號 9 樓

遠足文化事業股份有限公司　收

Little Bear Books 小熊出版

姓名：＿＿＿＿＿＿＿＿＿＿

E-mail：＿＿＿＿＿＿＿＿＿＿

地址：□□□□□＿＿＿＿＿＿＿＿＿＿

＿＿＿＿＿＿＿＿＿＿

電話：（O）　　　　（H）＿＿＿＿＿＿＿＿＿＿

傳真：＿＿＿＿＿ 手機：＿＿＿＿＿

您好！我是小熊，
我最喜歡閱讀和交朋友了。
謝謝您購買這本書，讀完了以後，
是否喜歡呢？請您務必填寫這張小卡
和我作朋友吧！讓我更了解您，
為您介紹更多好書，一起
分享閱讀的樂趣。

小熊出版・讀者回函卡

1. 購買書名：＿＿＿＿＿＿

購自：☐書店　☐網路　☐書展　☐其他＿＿＿＿

2. 姓名：＿＿＿＿＿＿　年齡：＿＿＿歲

性別：☐男　☐女　出生日期：＿＿＿年＿＿＿月＿＿＿日

子女情形：☐無　☐子女＿＿＿人（年齡＿＿＿＿歲）

3. 職業：☐製造業　☐資訊科技業　☐金融業　☐服務業　☐醫療保健　☐傳播出版　☐軍公教／若為教師，任教學校＿＿＿＿　☐學生，就讀學校＿＿＿＿　☐家管　☐其他＿＿＿＿

4. 您在哪裡得知本書的訊息？（可複選）☐書店　☐網路　☐電子報　☐報紙雜誌　☐廣播電視　☐讀書會　☐書展　☐圖書館　☐親友、老師推薦　☐同學推薦　☐故事志工推薦　☐其他＿＿＿＿

5. 閱讀後，您對本書的評價：（請填寫編號 1 非常滿意 2 滿意 3 普通 4 不滿意 5 非常不滿意）☐書名　☐封面設計　☐內容　☐文筆　☐價格　☐字體大小　☐版面編排　☐插圖品質。不滿意說明：＿＿＿＿

6. 您通常如何購書？☐書店　☐網站　☐學校團購　☐書訊郵購　☐大賣場　☐郵購或劃撥　☐參加活動

7. 您希望小熊出版社出版哪一種主題的兒童、青少年叢書？（可複選）☐幼兒啟蒙　☐圖畫書　☐童話　☐兒童小說　☐青少年小說　☐藝術人文　☐歷史故事與傳記　☐中外經典名著　☐自然科學與環境教育　☐其他＿＿＿＿

8. 您想給本書或小熊出版社的一句話是：

小熊出版社部落格：http://littlebearbooks.pixnet.net/blog　facebook 小熊出版社
客戶服務專線：02-22181417　客戶服務信箱：littlebear@bookrep.com.tw

Little Bear Books
Read for Fun!

「也可以給你媽媽吃放了安眠藥的漢堡，這樣她的話會少很多。」牛頓眉飛色舞的說。

「她醒了再給她吃，這樣她住多久都煩不到你了。」莎士比亞跟著說。

「這個主意很不錯呢！」阿博一時興奮起來，比手劃腳的說。

「等一下！」乎乎警長突然又一臉嚴肅，「我們先做正經事，我媽媽的事以後再說。」

乎乎警長拿起話筒，打了幾通電話。

「全部搞定，放了安眠藥的十五個漢堡，十五分鐘後就會送來。」警長說：「連綁匪在內，裡面一共十五個人。」

「那我的呢？」牛頓問。

「稍後送來。」乎乎警長說，「先送兩個，算是訂金，計畫成功以後再送八個來。」

「你們可真會算。」牛頓搖著尾巴說。

不一會兒，兩個員警提著十五個速食店的紙袋來到指揮中心，他們把紙袋放在了桌子上。

「紙袋裡都是一樣的套餐，因為不知道綁匪會吃哪個袋子裡的套餐，所以每份都放了安眠藥，漢堡、薯條和汽水裡都放了，而且效果很好。」一個員警說。

「效果很好？」乎乎警長眨眨眼，「你怎麼知道？」

「一共做了十七份，兩個同事各試吃一份，三分鐘後就睡著了，其中一個睡夢中還說出他給警察局長取的綽號。」

「叫什麼？」乎乎警長連忙問，但他忽然看到大家都看著自己，馬上笑了笑，「沒什麼、沒什麼，我只是想知道和我取的是不是一樣。」

莎士比亞也有妙計

乎乎警長他們把套餐放進大箱子裡，阿博抱起箱子，再次前往攝影棚，埋伏在攝影棚門前警車後面的員警都摩拳擦掌，正等著綁匪全部睡著，只要阿博招呼一聲，他們就衝進去擒拿綁匪。

阿博來到攝影棚門前，迪迪見到阿博來了，非常高興，口水都差點流下來。

「怎麼這麼慢？我都餓死了！」

迪迪一邊抱怨一邊搶了一份套餐，他打開紙袋，「喂，沒有吸管嗎？我喝飲料習慣用吸管的。」

「你就不要挑剔了，快吃吧！」阿博走到裡面，把一份套餐遞給了威利，「來吃吧！」

「迪迪，等一下。」威利拿過紙袋，突然對大門口的迪迪說。

那邊迪迪張開大嘴，正要咬手上的漢堡，聽到威利的話，沒有咬下去。他疑惑的看著同夥。

「把你那份給一笨蛋吃。」威利命令。

「為什麼？」迪迪高聲問：「就因為他是大明星？可他現在是我們的人質……」

「我也是明星，我也有很多粉絲的。」二笨蛋、三笨蛋和四笨蛋一起跟著叫起來，「我也餓了。」

「廢話少說，先給一笨蛋吃就是了。」威利不客氣的打斷

迪迪和人值。

「謝謝啦！」一笨蛋兩眼發光，不過，他眼珠轉了轉，「喂，不會是過期食品吧？」

「快點給他吃！」威利盯著迪迪說。

迪迪很不高興的把自己的那份套餐給了一笨蛋。阿博差點暈倒在地，但臉上又不能表現出來。

一笨蛋確實餓了，他大

口大口的吃起來，很快就吃完了一個漢堡。阿博看著一笨蛋的反應，腦子裡想著一笨蛋睡著後的說辭。

「吃，吃！」迪迪不滿的把飲料杯往一笨蛋嘴邊送，「當明星可真好呀！」

「慢點，你慢點……」一笨蛋喝了一口飲料，口齒不清的說：「嗆到我……」

這句話還沒說完，一笨蛋一頭栽下去，不省人事了。阿博計算了一下，正好三分鐘。

「吃完就睡，明星就是這樣。」迪迪在一邊叫道：「這日子過得可真舒服。」

「我也要吃，我也要睡。」四笨蛋叫了起來。

旁邊的二笨蛋看出了什麼，碰了碰四笨蛋。

「幹麼碰我，我就是餓了……」

威利把手放在一笨蛋鼻子下，隨後冷笑著看向阿博。

「嘿嘿嘿……」阿博尷尬的笑了笑，「大明星就是這樣，吃完了就睡，睡飽了又吃。」

「你覺得我和這個笨蛋的智商一樣嗎？」威利指著迪迪大吼。

「威利！」迪迪生氣了，「為什麼又說我是笨蛋？我到底哪裡笨了？我可是會倒背字典和圓周率小數點後一萬位數呢！3.14159265358979 3……」

「閉嘴！笨蛋，這傢伙被下藥了。」威利沒好氣的說：「

連這都看不出來？」
「啊？」迪迪愣住了。
「這是你的主意嗎？」威利冷冷看著阿博，「就知道你們會用這招，這招數太爛了，只能騙騙小學生。」
「威利，你是說我只是個小學生？」迪迪叫了起來，「我可是麻煩理工學院畢業的！」
「你確實麻煩。」威利指向門口，「去守門，我真是瞎了眼，把你找來當搭檔！」
迪迪垂頭喪氣的走了。阿博則低著頭，他知道這個計畫失敗了。
「三笨蛋和公司說不給他加薪就罷演……」昏睡中的一笨蛋忽然說起了夢話，「別以為我不知道……」

「我沒說，你怎麼知道？」三笨蛋臉色通紅，「是……是我經紀人去說的？」

「三笨蛋，公司答應了嗎？」四笨蛋急著問，二笨蛋也跟著問。

「不告訴你們，才不告訴你們！」三笨蛋搖著頭，「經紀人說好像答應了。」

「哇！我也要去說……」四笨蛋和二笨蛋互看一眼，異口同聲說。

「好了，你回去吧！現在你們還有三個半小時的時間。」威利冷笑著，「記得送正常的套餐來。」

「是。」阿博尷尬的說。

阿博垂頭喪氣的離開了攝影棚，他出來後對著警車後的員警雙手一攤，那些員警頓時像洩了氣的皮球，他們知道計畫失敗了。

進到指揮中心，阿博看到大家都無精打采的，警車後的員警已經通知乎乎警長計畫失敗。乎乎警長和牛頓正在那裡互相埋怨。

「我當時就覺得這個計畫有缺陷。」乎乎警長憤憤的說。

「既然這樣，你當時怎

麼不早說？」牛頓回嘴。

「我就是想不到缺陷是什麼……」

「好啦！」阿博走過來打斷他們，「想知道計畫失敗的具體原因嗎？很簡單，威利先讓一笨蛋試吃。」

「真狡猾！」乎乎警長咬牙切齒。

「抓住他之前，先送正常的速食過去吧！」阿博說：「記得不要再放安眠藥了，他還會讓一笨蛋試吃的，否則一笨蛋沒被炸死先被撐死。」

乎乎警長無奈的點點頭，他差遣身邊的一個員警去買正常的速食，然後給綁匪送去。

「我的漢堡呢？」牛頓在乎乎警長身邊問。

警長沒說話，只是眼神憤怒的瞪著牛頓。

「好的，當我沒說。」牛頓聳聳肩，「我再想一想別的辦法。」

「這個威利確實狡猾。」阿博恨恨的說：「比我們班上的阿達狡猾多了。」

「阿達？」乎乎警長疑惑的看著阿博。

「啊，我是說威利很狡猾。」阿博連忙掩飾，「要不是挾持人質，我真想一炮炸飛他！」

「我也想呀！」乎乎警長揮著拳頭，「但攝影棚的窗戶太高，我們的狙擊手被擋住了視線，否則趁他不注意時，一槍就能把他打趴，他都來不及引爆炸彈。」

「一槍把他打趴還不容易嗎？」莎士比亞拍拍翅膀說。

「你也有什麼主意了？」乎乎警長不屑的問：「剛才是會

說話的狗，現在是會說話的鳥。」

「挖……挖地道呀！」莎士比亞搖頭晃腦的，「趁他不注意，挖地道進去一槍幹掉他。」

「拜託。」阿博打斷了莎士比亞，「挖地道要挖到什麼時候，我們只有三個多小時了。」

「噢，我忘了。」莎士比亞笑了起來，「嘿嘿嘿……」

「等等！」乎乎警長突然大叫，「挖地道、挖個洞，對，我又有辦法了！」

「是我想出來的！是我想的辦法！」莎士比亞連忙跟著大

叫，牠飛到乎乎警長的肩膀上，「你有什麼辦法了？」

「我們可以在牆上挖開一個小洞。」乎乎警長眉飛色舞，「只要挖開一個比乒乓球大一些的小洞就可以了！」

「對，在牆上挖一個小洞就可以了，比乒乓球大一些。」莎士比亞跟著說：「那麼，挖洞做什麼？」

「開槍打他呀！」乎乎警長非常激動，他指著攝影棚平面圖，「我看就在東側牆角挖洞，那裡不臨街，很安靜，我們在那裡開一個洞，可以看見他的位置，狙擊手就能一槍打倒他。業餘超人，那傢伙是不是在這裡？」

乎乎警長說著，用手指重重點了點攝影棚平面圖。

「對，就在靠近窗戶的地方，那裡有個沙發，他就坐在沙發上。」阿博說。

「他不常移動吧？」

「好像一直坐在那裡。」

「太好了。」乎乎警長更高興了，「有種附消音裝置的破牆工具，十分鐘就能鑽開一個洞，他們一定不會聽到聲音。」

「對，一定不會聽到聲音。」莎士比亞也高興起來，「不過……聽到又怎麼樣？他們聽到也許會從牆那邊幫我們一起挖的，這樣會更快一些。」

乎乎警長聽到莎士比亞的話，翻了個白眼，他不再理睬莎士比亞，而是急忙抓起電話，指揮新的計畫。

「破牆工具馬上送來。」乎乎警長放下電話，他很興奮，「這次一定能成功。」

「當然能成功，我想的主意。」莎士比亞也很興奮。

「是我。」乎乎警長說：「不是你！」

「是我是我是我是我是我……」莎士比亞飛起來對警長的耳朵大叫起來。

「好好好好……」乎乎警長閃躲著，「算是你啟發了我，這行了吧？」

「十袋薯片。」莎士比亞說道。

「什麼？」

「報酬是十袋薯片。」牛頓補充說明：「這個主意不是免費的。」

「要是能成功，一百袋也可以。」乎乎警長說。

「那就一百袋。」莎士比亞說。

「計畫成功再說，我說話算話。」乎乎警長看看手錶，「

現在我們還有三個多小時，夠了，時間綽綽有餘。」

「我說警長，」莎士比亞似乎還有問題，「我剛才說綁匪聽到聲音後幫忙一起挖錯了嗎？那樣不是更快嗎？」

「我真希望挖洞的主意和你一點關係都沒有。」乎乎警長的眉毛都擰成一團，「看在你啟發我的份上，告訴你，那樣他們就有所防備了，我們挖洞是為了開槍打他們，能讓他們幫忙嗎？」

「噢，原來是這樣。」莎士比亞點點頭。

「知道了吧？」乎乎警長說。

「知道了，要開槍打他們，他們當然不肯幫忙一起挖，不過，我們可以派個人去他們的攝影棚裡面挖，這樣更快。」

在場的人全都翻白眼。

綁匪很難對付

兩個員警匆匆趕來，他們各提著一個箱子，箱子裡裝的就是破牆工具。乎乎警長和阿博，以及兩個負責鑽牆的員警一起走出指揮中心，來到警車後。十幾個持槍員警守在那裡。

「你去那房子後面等。」警長拍拍一位狙擊手，隨後指著攝影棚，「我們在這後面鑽個牆

洞，鑽好後你從那裡射擊綁匪。」

「好的，只要能看見他，我一槍就能命中他的要害。」狙擊手保證。

攝影棚大門虛掩著，大家知道迪迪守在那裡。

「那個迪迪在把風。」乎乎警長回頭看看大家，「我查過了，這個笨蛋確實是麻煩理工學院畢業的，能背出圓周率小數點後一萬位數，還能倒背字典，但是就因此把腦子搞壞了，我看那個威利應該是找不到幫手，才把他拉來。」

「雖然笨也不能被他發現，我們可以從另一側繞過去。」阿博觀察了一下地形。

「對，我們走吧！」乎乎警長比出出發的手勢。

乎乎警長帶著大家從攝影棚的側面繞行，來到建築物的後面。他們小心的靠近牆角，這裡非常安靜。

乎乎警長選好鑽牆的地方，那裡離地半公尺，距離牆角有兩公尺，經過計算，這裡鑽洞之後能清楚看到威利的位置，無論威利站著或坐著，狙擊手都能很快把他解決掉。

兩個操作機械的員警小心翼翼的組裝機器，機器的前端是一個很粗的鑽頭，他們把鑽頭對準乎乎警長標記出來的位置，按下開關。鑽頭旋轉起來，粉屑也掉了下來。機器運行時發出的聲音和震動都很小，大家覺得牆另一邊的綁匪鐵定不會察覺異狀。

十分鐘過去了，操作鑽機的員警按下停止按鈕，他和同伴把鑽頭抽出來，然後向乎乎警長招招手。

「牆面只剩三毫米了，徒手就能捅破。」

「很好。」乎乎警長彎下腰，他壓低聲音，「我來把這個洞破開，狙擊手請準備。」

「我早就準備好了。」狙擊手握著手裡的狙擊槍。

「準備射擊前，你就站在窗戶下待命。」乎乎警長對阿博說：「聽到槍聲就飛進去，壓制住守門的那個迪迪。」

「沒問題，對付他太簡單了。」阿博點點頭。

「好。」乎乎警長示意大家禁聲，隨後接過員警遞上來的一根細鐵棍，小心翼翼的去捅牆壁，鑽過的牆壁那頭，應該只有一層薄薄的水泥和油漆了。

乎乎警長一施力，牆壁裂開了，一絲光線透出來。乎乎警長換用長鑷子把碎片夾住，一塊一塊的往自己這邊夾，這樣碎片就不會落進攝影棚。

大家圍在乎乎警長身邊，都想看看裡面的情況。這時光亮愈來愈大了，乎乎警長不敢一下子就把牆洞破開，依然謹慎的往自己這邊夾碎片。

「我來幫你，真是慢死了。」牆那邊突然傳來一個聲音，隨後一陣「喀啦喀啦」的掉落聲，牆洞完全破開了。

「謝謝。」乎乎警長說，不過他隨即反應了過來，透過牆洞看見那一張笑臉。

迪迪在牆洞另一側，他把最後的粉塵吹開，然後笑嘻嘻的看著乎乎警長。

「你、你、你……」乎乎警長驚訝得說不出話來了。

「嗨！我的朋友們。」迪迪笑著打招呼。

「我、我……」乎乎警長還是一臉驚訝，大家聽到那邊有迪迪的聲音傳來，也都驚呆了。

「不過，我可不太喜歡有偷窺毛病的朋友。」迪迪繼續笑著說。

「怎麼是你？」乎乎警長問。

「就是我，威利說這樣你們開槍打到的就是我，他還是可以引爆炸彈，你們現在要不要開槍呀？」

「沒有，沒有的事。」警長擠出一絲笑容，「我們……一段時間沒看到威利先生了，很想念他，想鑽個洞看看他。」

「這個理由沒有通過，再想一個。」迪迪搖搖頭。

「啊……對了，我們覺得你們一直關著門窗，空氣一定不流通，給你們透透氣。」乎乎警長趕緊換一個理由。

「這個理由還差不多。」迪迪點點頭，「謝謝。」

「不用客氣。」乎乎警長馬上說。

「迪迪，不要和他們廢話了！」威利的聲音傳來，「讓他們想一些更高明的辦法來對付我們，現在要他們把洞堵上，否則我就引爆炸彈！」

「好的。」迪迪連忙說，他看著乎乎警長，「威利不讓我和你們玩了，他要你們想些更高明的手段來，還要你們把洞堵上，否則他就……」

「明白，我明白。」乎乎警長馬上說：「迪迪先生，你們怎麼知道我們會在這裡挖洞？」

「威利預料到的。半天沒動靜，他就知道你們又想壞主意了，我們當然要更警惕啦！」迪迪說：「他就是聰明，不過還輸我一點，我能背出圓周率小數點後一萬位數，你不相信嗎？

3.141592653589793……」

「相信、相信。」乎乎警長連忙打斷他，「我們這就把洞堵上，千萬不要引爆炸彈。」

乎乎警長站了起來，他看看大家，無奈的聳聳肩，指向那個牆洞。

「堵上吧！千萬不要激怒他們。」

乎乎警長說完，無精打采的離開，阿博跟在他身後，他們一起進了電梯。

「碰到高手了。」電梯裡，乎乎警長面無表情的說。

「一定是弄出聲響了，雖然聲音小，但是還是有聲音。」阿博也很無奈。

他們垂頭喪氣的回到指揮中心，莎士比亞看見他們回來，馬上飛到阿博的肩膀上。

「看你們的臉色我就能判斷出來，事情搞砸了。」

「知道還問？」阿博扭扭脖子。

「可惜了我的好主意。」莎士比亞叫了起來。

「沒錯，是你想的主意。」乎乎警長連忙說：「和我沒關係，從頭到尾都是你的主意。」

「那我的薯片呢？」莎士比亞連忙問。

「計畫成功才有報酬。」乎乎警長不客氣的揮揮手。

「我才不管成不成功，反正你採用了我的主意。」莎士比亞飛起來叫著：「不成功是因為你們沒執行好我的主意。」

「好了，好了。」阿博連忙制止莎士比亞，「我買給你，不要叫了，現在大家都心煩……」

「哼！」莎士比亞飛到一旁，不再叫了，只要有吃的，牠才不在乎是誰買的。

「我真是昏頭了。」乎乎警長坐在一張椅子上，懊惱的自言自語，「居然聽一隻狗和一隻鳥的主意！」

正在這時，他的對講機傳來一陣說話聲，乎乎警長迅速拿起對講機。

「喂，喂，怎麼回事？」

「報告警長，迪迪過來說一笨蛋吃完速食後暈倒了，後來醒過來，不過剛才又暈過去了，叫我們馬上派醫生救治人質，他還說只能醫生單獨前往。」

「人質沒事吧？」乎乎警長擔憂的問。

「沒什麼大事，就是暈過去了，不知道為什麼。」

「我馬上派醫生過去。」乎乎警長說著收起對講機，並對周圍的人說：「一笨蛋暈倒了，綁匪要我們派個醫生去。」

「我有辦法了——」阿博、牛頓和莎士比亞一起大喊。

「不要說出來！」乎乎警長馬上摀住阿博的嘴，「我也想到了，是我自己想的！」

「那你說說看。」牛頓的語速飛快。

「叫醫生看病的時候趁機把炸彈扔到窗外。」乎乎警長語速更快，「我們的人馬上衝進去。」

「嗯……和我想的一樣。」牛頓搖搖尾巴。

「和我想的完全一樣。」莎士比亞看看大家，「是看病的時候把炸彈給扔了嗎？不過，亂扔垃圾很不好，亂扔炸彈就更不好了。」

乎乎警長懶得和莎士比亞囉嗦，他拿起電話，叫屬下馬上去警察局找一位念過醫學院的警官來，還吩咐這位警官穿上白袍，白袍裡穿上防彈背心，還要帶著武器。

不一會兒，一個穿著白袍的警官趕了過來。乎乎警長連忙把他拉到一旁。

「先搶救一笨蛋，我想人質沒什麼大礙，應該是又驚又怕又吃過安眠藥造成的。」乎乎警長叮嚀著，「搶救好人質後，你要趁綁匪不注意把炸彈解下來，從被業餘超人撞壞的那個破窗子扔出去，我們一看到你展開行動，就從大門衝進去。你確實穿好防彈背心了吧？」

「穿好了。」穿白袍的警官說：「槍也帶了。」

「好。」乎乎警長說：「你把炸彈扔出去後綁匪一定會攻擊你，你要事先做好準備，扔掉炸彈就掏槍，我們等你信號，會馬上支援你。」

「好，我能完成這個任務。」

「去吧！」乎乎警長信心十足。

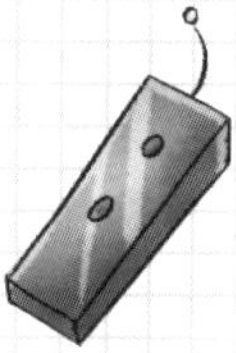

炸彈「兄弟」

穿白袍的警官提著一個急救箱前往攝影棚，在門口看守的迪迪讓他進到攝影棚裡，乎乎警長已經吩咐和綁匪對峙的員警們，一聽到房間有呼叫聲就衝進去。

「你好，我叫老麥，是這附近醫院的醫生。」穿白袍的警官走進攝影棚說：「聽說這裡有一位病人，讓我看一下。」

「就是他。」威利穩坐在沙發上，拿著引爆遙控器的手往棚內中央的地上一指，「暈倒了，他吃過安眠藥，醒來以後又暈倒了，你去看看。」

「好的。」老麥走了過去。

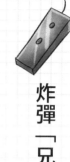

老麥開始給一笨蛋檢查身體，一笨蛋平躺在地上，呼吸有些微弱，臉色也很難看。另外三個笨蛋圍在他身邊，老麥發現一笨蛋沒什麼大礙，餵他吃了幾片藥，還給他打了一針。

「哎唷……」一笨蛋慢慢睜開眼睛，緩緩坐了起來，他一臉愁雲慘霧。

「你好點了嗎？」老麥問。

「我這樣子像好了嗎？」一笨蛋哭喪著臉。

「你哪裡不舒服？」

「哪裡都不舒服。」

「從什麼時候開始的？」

「被綁架就開始了。」

「這個……可以理解……」老麥點點頭，「剛才你是怎麼暈倒的？」

「都怪員警……」

「員警？」

「當然了。」一笨蛋點點頭，「笨員警幾次出招都失敗，電視上那個飛來飛去的業餘超人也來過了，不過，他們顯然都不如綁架我的人聰明。」

「謝謝。」威利向一笨蛋微笑著點點頭。

「我還吃了安眠藥漢堡，頭一直很暈，又覺得得救的機會渺茫，就暈倒了。」一笨蛋繼續說。

「不用太擔心，一切都會好的。」老麥安慰他。

「聽你這口氣，倒像是員警。」四笨蛋一邊說。

「不，我不是。」老麥差點跳起來，「來，我再來檢查一下。」

老麥拿出聽診器，他觀察了一下情況，只見炸彈被一根繩子綁著，放在桌子上，另一頭綁在桌腳，桌子距離自己不到兩公尺。威利拿著遙控器，一直坐在沙發上，迪迪則看守在門口那裡。

威利一開始的時候似乎比較緊張，他一直盯著老麥，不過現在他好像已經放心，眼睛也不再總是往這邊看了。

「迪迪，你那邊沒事吧？」威利忽然站起來，向迪迪那邊張望著。

「沒事，笨員警們在警車後趴著呢……」

老麥覺得機會來了，從急救箱裡拿出一把小刀，他飛快的衝過去，用小刀割斷綁著炸彈的繩子，抓起炸彈，從撞壞的窗

戶扔了出去。這位警官可是受過特種訓練的，這一連串動作一氣呵成。

在幾個笨蛋驚訝的表情下，老麥已經掏出了槍，同時大聲呼喚同伴。

「六秒鐘，不及格。」威利的聲音突然傳來，他看到老麥的這一連串動作，表情卻很平靜，他的手指一直放在遙控器按鈕上，「這套動作應該在五秒內完成，你還要好好練練。」

「你說什麼？」老麥用槍指著威利，很是詫異。

「你扔掉炸彈後拔槍的連續動作，是我的話頂多五秒。」

「不管幾秒鐘，你最好老實點，現在是我拿槍指著你！」

「威利——他們抓住我——」門口傳來迪迪絕望的聲音。

「你的同伴也完蛋了！」老麥得意的說。

就在這時，業餘超人從窗戶飛了進來，七、八個員警也衝了進來，他們全都用槍對著威利。

「太好了，我們得救了！」一笨蛋與高采烈的喊起來。

「一笨蛋，你站起來。」威利突然說：「掀起外套，側過身子給大家看看。」

「還敢命令我？」一笨蛋說完，忽然覺得有什麼不對，連忙站起來掀開外套，只見他的側腰用膠帶捆著一枚炸彈——和扔出去那個一模一樣。

在場的人都愣住了。威利手裡拿著遙控器，洋洋得意。

「都看到了吧？」威利說道：「局勢還被我控制著，你們敢開槍我就按按鈕，這個屋子裡的人全都完蛋！都把槍給我放下！」

老麥第一個把槍放下，衝進來的員警也都把槍放下了。業餘超人也後退兩步。

「嗅，說你們笨就是笨！」一笨蛋說完又暈了過去。

「把那個笨蛋給我帶回來。」威利指指外面。

一個員警連忙跑出去，不一會，換迪迪跑了進來。

「威利，這些傢伙差點把我的胳膊扭斷。」迪迪一邊走一邊抱怨，他看看屋裡的陣勢，笑了起來，「你可真聰明，準備了兩顆炸彈。」

「哼！」威利手持遙控器，走到了老麥身邊，「你們來之前我就把炸彈悄悄捆在他腰上了，早想到你們要出這招。我說過你們很笨，這次又印證了我的看法。」

「我們不笨，他才笨呢！」老麥不服氣的指著暈倒的一笨蛋，「腰上有炸彈都不知道。」

「他當時暈倒了。」威利為一笨蛋辯解：「追根究底，還是你們的智商太低，訓練水準也差。你們走吧！想到新辦法再來，記住，時間不多了。」

「他又暈倒了。」老麥指指一笨蛋，「我給他治療一下，我的確是警官，但讀過醫學院。」

「你想把他腰上的炸彈再扔出去，對嗎？」

「對呀！啊，不對。」老麥連忙搖搖頭。

「滾。」威利不客氣的說：「他不會死的，就算死也是被你們這些笨員警氣死的。」

老麥一行人連忙撤出房間。威利讓迪迪繼續看守門口，不一會，一笨蛋微微睜開眼睛。

「真是太笨了！」一笨蛋感慨著，「我不指望他們……」

「我也不指望他們了。」二笨蛋跟著說：「昨天拍的那集搞不好是最後一集了。」

「我的演藝生涯就這樣結束，真是慘呀！」三笨蛋唉聲嘆氣。

「我覺得他們是一群大笨蛋！」四笨蛋恨恨的說：「他們才該來演這部戲。」

「別灰心，他們也許能想到什麼好辦法。」威利對幾個笨蛋笑笑。

「這都已經是第三次失敗了，我看他們就這種水準。」一笨蛋慢慢坐了起來，「你還是殺了我們，不要再折磨我們了。」

「我不會殺你們，你們可是我的王牌。」威利聳聳肩，「折磨你們的是笨蛋員警和笨蛋超人。」

「你說的還真對。」一笨蛋嘆了一口氣，「唉！我現在該做什麼？繼續暈過去？」

經理來訪

老麥提著急救箱垂頭喪氣的回到指揮中心，他一臉怒氣。看見他這個樣子，乎乎警長尷尬的笑了笑。

「為什麼不做全面調查，他們還有一顆炸彈！」老麥對著乎乎警長大吼大叫：「我會把這寫進給局長的報告。」

「怎麼調查？」乎乎警長的臉色也沉下來，「打電話去問『喂，請問你們帶著幾顆炸彈？』這樣嗎？」

老麥沒再說話，他的職等比乎乎警長低，沒辦法，他提著急救箱氣呼呼的走了。

「唉！我覺得人類的水準可能還不如我們。」牛頓小聲的對身邊的莎士比亞說。

「簡直差遠了。」莎士比亞附和：「把員警的帽子給我戴上，我也能上街執勤。」

「就是啊！」牛頓笑了起來，「再給你配上肩章你就能當警察局長了。」

「哈哈哈哈……」莎士比亞大笑起來。

阿博看了看牛頓和莎士比亞，牠們馬上不笑了。現場的氣氛很沉重，乎乎警長坐立不安，時間一分一秒的過去，可是事情沒有一點進展。

「報告——」一個員警拿著從窗戶扔出來的炸彈走過來。

「什麼事？」乎乎警長問。

「鑑識報告出來了，炸彈是『勁爆2000』型的，格蘭特武器公司生產，威力強大。」那個員警說：「經查明這枚炸彈是在三角區一家軍武專賣店售出的，根據老闆描述，購買炸彈的就是威利，當時他買了兩枚，還在收據上簽字。」

說著，那個員警把炸彈放到桌子上，可能是炸彈太重，放到桌子上後發出一聲很大的聲響。

「阿布，你輕一點。」乎乎警長嚇了一跳。

「引爆裝置已經拆了。」叫阿布的員警說，笑了笑。

「嗯。」乎乎警長點點頭，「這麼說，那傢伙買了兩枚炸彈，人質腰上的是當時買的另一枚。」

「應該是這樣的。」阿布點點頭。

「真是狡猾。」乎乎警長感慨的說：「還有，他怎麼知道我們派去的醫生一定是員警呢？」

「電視和電影上都是這樣演的。」阿布說：「用腳後跟想也能想出來。」

「嗯？」乎乎警長轉過頭，瞪著阿布。

「啊，我是說綁匪很狡猾，比、比你狡猾……」阿布結結巴巴的解釋。

這時，阿博走到桌子前，他拿起炸彈，在手上掂了掂。

「喂，你做什麼？」乎乎警長連忙問：「難不成你也有了主意。」

「警長，你看出來了？」阿博把炸彈放到桌子上，「我確實有個好辦法。第一個辦法是牛頓想出來的，第二個算是莎士比亞想出來的，第三個是你想出來的，但全失敗了，為什麼？因為你們都很暴力，又是打洞又是搶炸彈，放安眠藥那招也很

粗野，和我的完全不一樣。」

「你有什麼辦法？」乎乎警長問。

「我當然有好辦法。」阿博指指自己的腦袋，「我的辦法是智慧型的……」

十五分鐘後，阿博和一個穿著正式的男子出現在指揮中心大門，在乎乎警長的目送下，前往攝影棚。

看守攝影棚門口的迪迪聽到腳步聲，把頭探了出來。

「喂，你們又來做什麼？」迪迪問：「難道又想到什麼辦法了？」

「有件要緊事找威利。」阿博說。

「要緊事？」迪迪皺著眉頭，「威利，業餘超人來了，說有事找你。」

「讓他進來。」威利說。

阿博和那個人一起走進攝影棚，只見威利仍坐在沙發上，看到阿博他們，威利面無表情。被劫持的劇組成員都愁眉苦臉的坐在地上，長吁短嘆。

「威利先生，請讓我介紹一下，這位是格蘭特武器公司的格蘭特先生，他有件很重要的事找你。」阿博指指身邊的那個人。

「威利先生，您好。」叫格蘭特的人掏出了名片，「我叫格蘭特，是格蘭特武器公司售後服務部經理。」

威利對迪迪點點頭，迪迪接過了名片。

「格蘭特武器公司售後服務部經理……」迪迪念著：「格蘭特武器公司的格蘭特，都叫格蘭特……」

「事實上我們是家族企業，重要部門的經理都叫格蘭特。」格蘭特解釋。

「嗯。」威利點點頭，「好像聽說過，你有什麼事嗎？」

「請問，您是不是購買了兩枚由我們公司出產的炸彈？」格蘭特問：「『勁爆2000』型的。」

「你怎麼知道？」威利仔細打量著格蘭特。

「電視上都播了。」格蘭特說，他指指窗戶，「剛才從這裡扔出來一枚炸彈，我們公司的人一眼就認出那是我們生產的『勁爆2000』型產品，我們馬上查了銷售紀錄，發現您不久前購買了兩枚我們公司生產的『勁爆2000』型炸彈，我們就趕來了。請問是這樣吧？」

「嗯……怎麼了？」威利問：「我買了，也付錢了。」

「啊，這個我知道。」格蘭特滿臉堆笑，「首先非常感謝您對我們公司產品的信任，我想先請問一下，您既然這樣信任我們的產品，為什麼要把它扔出窗外呢？您不綁架人質，改投彈了嗎？」

「我……」威利愣了愣，「那是員警扔的，不是我扔……你管的還真多，這裡沒你的事，快出去，我正忙著呢！」

「對不起，請聽我說完。」格蘭特連忙說：「非常抱歉，我代表本公司正式通知您，對『勁爆2000』型產品，本公司已經啟動了回收機制，由於一些品質上的問題，我們必須將售出的此型號產品全部回收，我知道您購買了兩枚炸彈，剛才扔走一枚，應該還有一枚。」

「啊？」威利瞪大了眼睛，他和迪迪對視一下，「品質問題？」

「對，這引爆裝置有小小的缺陷，那就是您引爆它的時候不爆炸，沒有引爆時卻經常自己爆炸……」

聽到這話的劇組成員全都驚慌失措，紛紛挪動，試著遠離一笨蛋，一笨蛋的身上還綁著炸彈，聽到這句話，慘叫了一聲後再次暈過去。這次暈倒，另外幾個笨蛋沒有上前救助。

迪迪聽到這話，嚇得逃到了門口，在那裡咬牙切齒。

「這還算小缺點？你們這些奸商，就知道賺錢，這種產品也拿出來賣──」

「事實上，我們來這裡也是冒著風險的，因為炸彈可能隨時爆炸。」格蘭特很有禮貌的說：「如果另外一枚炸彈還在您這裡，請把它交給我們。我們會退款給您，還會付一定的賠償金……」

「等等。」威利舉手打斷格蘭特，「你是說，你來這裡是為了回收炸彈的。」

「對，我是售後服務部經理，這是我的工作。」格蘭特點點頭，「不僅是汽車才有回收機制，任何產品都有，而我們公司是一家非常負責的公司，發現這個問題馬上開始聯繫顧客。

我身為經理親自來處理這件事，是因為這裡是一個新聞焦點，萬一我們的炸彈未能按時引爆或隨意爆炸，本公司的商譽將嚴重受損……」

「看起來你們公司很負責。」威利再度打斷格蘭特。

「那當然，我們公司有百年以上的歷史，製造的炸彈炸死過無數的人，受到廣大顧客的一致好評。」格蘭特打廣告似的說：「這次的品質問題是一個小小的失誤造成，但是不及時挽回，可能造成非常嚴重的後果，所以請把另外一枚炸彈交給我們……」

「威利，把炸彈給他們吧！」迪迪在門口大叫了起來，他一直聽著裡面的談話，「我說過買另一個牌子，價錢還比較便宜，你就要買格蘭特公司的。」

「你給我閉嘴。」威利喊道。

「威利先生，炸彈在哪裡？快還給我們吧！」格蘭特說著掏出一張紙，「在這裡簽個字，我們退款拿走炸彈……」

「你們……」威利看著格蘭特，忽然顯得非常憤怒，「你們、你們當我是傻子呀？想了半天你們就想出來這麼一個蹩腳的主意？這個爛主意只能騙門口那個笨蛋。」

「威利，是在說我嗎——」迪迪的聲音傳來。

「我們沒有騙你，炸彈確實有問題……」格蘭特神色鎮定的辯解。

「就是啊，警方也覺得問題嚴重，就叫他來了。」阿博跟著說：「我們不會騙你，我們老師說不能說謊話……」

「把老師也搬出來了！」威利氣呼呼的瞪著他們，「告訴你們，我是不會上當的，這都是圈套，想騙走我的炸彈。你們全是自以為聰明的笨蛋，你們來演《一群小笨蛋》節目才是最合適！」

「威利先生，我……」格蘭特比劃著，情緒開始激動。

「你是員警！」威利指指格蘭特，「你們這套一點也不專業！只有業餘水準的傢伙才能想出這麼業餘的主意。」

「啊？」阿博一愣，「你怎麼知道是我想的……啊，你誤會了，這不是圈套……」

「出去！」威利指著門口的方向，「都給我出去，否則我引爆炸彈，看看這炸彈到底是不是有品質問題！」

「不要！」格蘭特差點跳起來，他慌忙搖手制止。

「威利先生……」阿博還想說什麼，格蘭特一把拉住他，把他拉向門外。

格蘭特和阿博出了大門，愁眉苦臉的向電梯走去。

「他們走了。」迪迪走到威利身邊，笑了起來，「我明白了，這是個圈套。」

「嗯。」威利點點頭，「這回算你聰明。」

「謝謝。」迪迪笑著說，「那個格蘭特一定是個貪錢的員警，他冒充售後服務人員，想騙走我們的炸彈拿去賣錢，

因為我們的炸彈值一百多元呢……」

「滾——」威利怒吼起來，「迪迪，你算是澈底的沒希望了！」

「我走。」迪迪嚇得連忙後退了幾步，邊走邊自言自語，「我又錯在哪裡了？」

阿博和阿布回到指揮中心，計畫又一次失敗了。經理「格蘭特」當然就是員警阿布，阿博想用智取的辦法，不費一槍一彈就把炸彈騙過來，但威利完全沒有上當。

阿博和阿布走回指揮中心，阿博的臉都紅了，不過他戴著頭盔，大家都看不到。乎乎警長也知道計畫失敗，警車後的員警早就告訴他阿博他們空手而歸。

「警長，馬上想別的辦法吧！」阿布走到乎乎警長身邊，壓低聲音說：「實在不行只能準備贖金了。剛才我說過這個主意不行，你偏要試一試。」

「我，我……」乎乎警長小聲說：「我看，是不是你演技太差？」

「哪裡？」阿布臉色一沉，「我在戰爭片裡演過死人的，演技一流。實在是這個辦法太糟，被威利看出來了，他還侮辱我們大家的智商。」

「嗯？」

「他說我們都是笨蛋，說實在的，我走出大門的時候都很認同他的話呢。」

「侮辱我們的智商！」乎乎警長發怒了，他大聲吼著，「這傢伙實在太猖狂了！」

「警長，要快點想辦法。」阿布急著說，他看看手錶，「現在不是生氣的時候，只剩下一小時的時間了。」

「什麼辦法都不用了！」乎乎警長說著走向電梯，「我直接去和他談談。」

「乎乎警長，」阿博連忙跟上，「你要和他談談？」

「對，直接談，叫他放了人質。」呼乎警長邊走邊說：「我可是通過了談判專家考試的。」

「我和你一起去。」

「隨便了。」

警長上當了

乎乎警長和阿博來到攝影棚大門，迪迪探出頭來。

「威利，笨蛋們又來了，他們的臉皮還真厚。」

「讓他們進來。」威利喊道：「真是麻煩。」

乎乎警長和阿博走進房間，威利用帶著些許疑惑的眼神看向他們。現在劇組成員們已經不害怕了，只是一笨蛋仍躺在地上，還沒清醒。

「這麼快又想到新辦法了，那就快用吧，我的耐心有限，時間也有限。」

「沒什麼新辦法了。」乎乎警長嚴肅的說：「你確實很難對付，現在我什麼招數都不用了，我要和你談談。」

「改談判了？」威利說：「這不符合解救人質的標準作業程序，按照標準作業程序第一步是談判，現在都好幾步了。」

「去他的標準作業程序。」乎乎警長說：「威利先生，你就是拿到錢又有什麼好處呢?你會被全球通緝的。」

「等一下。」威利揮揮手裡的槍，他一直是一手握槍一手拿著引爆遙控器，「這次你想和我談判，說服我放了人質？」

「是的，就是這樣。」

「你去和門口那個笨蛋談。」威利指向大門，「把他說服了我就同意釋放人質。」

「你是說迪迪？」

「就是他。」威利點點頭，「迪迪，過來，這位警長想和你談談。」

迪迪馬上跑了過來，他看看威利，又看看乎乎警長。

「和我談？」迪迪很驚奇，「我現在是主角了？」

「把他說服就放人質？」乎乎警長不敢相信的指著迪迪，用疑惑的眼神看著威利。

「沒錯。」威利點點頭。

「警長。」阿博悄悄拉了拉乎乎警長的衣角，「這傢伙腦子有問題，你說服不了他，他和正常人的思路不一樣。」

「我喜歡挑戰。」乎乎警長說完，轉身看迪迪，「嗨，迪迪，你叫什麼名字？」

「迪迪，我叫迪迪。」迪迪說。

「噢，知道了。」乎乎警長點點頭，「聽著，迪迪，我對你以前的情況一點也不了解，甚至半點也不了解。只知道你畢業於麻煩理工學院，在校期間曾在特種部隊的駐地掃地，報酬是每小時十元，整理草坪每小時是十一元五角。你酷愛記憶遊戲，能倒背字典和圓周率，畢業後你一直找不到工作，靠打零工生活，曾在麥當當、月巴克等十七家商店打過工，你有一個弟弟，因為能背出圓周率小數點後一百萬位數字而被送進精神病院，你其實是威利的遠親，你媽媽和威利的媽媽是遠房表姊妹，是這樣吧？你看，我對你的情況一點也不了解。」

「是這樣的。」迪迪說：「我畢業於麻煩理工學院，在校期間曾在特種部隊駐地掃地，報酬是……嗯，好像你都說了，我覺得你比我自己還了解我。」

「那好，這樣就好。」乎乎警長說：「聽著，迪迪，你還很年輕……」

「不，我二十六歲，不年輕了。」迪迪打斷乎乎警長。

「二十六歲很年輕，比三十歲和四十歲都要年輕。」

「也比一千歲年輕。」迪迪說：「但是比二十歲和兩歲還要老。」

「那倒是，看不出來你還是一個很認真的人。」乎乎警長假裝笑一笑，「聽著，你還年輕……」

「我說過了，我不年輕，比兩歲老多了。」

「該死！」乎乎警長差點跳起來，「但比兩百歲年輕。」

「哈哈哈！」威利在一旁笑了起來。

「沉住氣。」阿博靠近乎乎警長小聲提醒。

「好，好。」乎乎警長擺擺手，「我們換一種說法，你現在比兩歲老、比兩百歲年輕，這樣行了吧？我的意思是，你還有你的生活，綁架勒索是嚴重的犯罪行為，會毀了你的一生，就算你拿到錢遠走高飛又怎樣呢？那不過是暫時的，我們警方會在全球通緝你，早晚抓住你……」

「等一下。」迪迪皺著眉，「你讓我想一想……」

「好的，」乎乎警長頓時眉飛色舞，「我認為你確實要仔細想一想，釋放人質才是你的選擇。」

「想一想，我想一想……」迪迪小聲的自言自語。

「慢慢想，不著急。」乎乎警長得意的碰碰身邊的阿博。

「你說的有道理。」迪迪眨眨眼，「就算拿到錢，萬一給你們抓住，那就完蛋了。」

「沒錯，所以你最好和我們合作。」

「不過……」

「不過什麼？」乎乎警長問。

「萬一沒有被你們抓住呢？」迪迪似乎興奮起來，「平分贓金之後，我就有一千萬零一百五十七塊六角七毛了。到時候我想怎麼花就怎麼花，我就是有錢人了，我要買遊艇，還要買別墅……」

「萬一被我們抓住呢？我們一定會抓到你的。」乎乎警長打斷了迪迪。

「萬一沒抓住呢？」

「一定會抓住的，你跑不了，你一定會被我們抓住！」

「不會，絕對不會。」

「為什麼？」

「因為我現在還沒跑，我還沒跑你怎麼抓我呢？」

「我……」乎乎警長差點氣暈，還好阿博扶住了他，警長翻著白眼，話都說不出來了。

「哈哈哈哈！」威利大笑起來。

「和這個腦子有問題的傢伙沒辦法講道理的。」阿博扶穩乎乎警長，「你上當了。」

「我……」乎乎警長氣呼呼的站在那裡，迪迪看到他那麼生

氣，也得意的笑起來。

「迪迪，去守著門口！。」威利揮揮手。

「是。」

迪迪走了以後，乎乎警長和阿博還站在原地，警長感到無地自容，同時又非常憤怒。

「好了，談判結束。」威利說：「你們都講完了，該我講了吧？」

乎乎警長和阿博都看著他，威利揮揮手槍。

「現在還有一小時。」威利說：「在過去的三個小時裡你們又是放安眠藥，又是挖洞，還派假醫生和假經理，我不想和你們玩了，我想你們也累了，因為你們太笨，要是換成我，早就把這事搞定了。現在你們出去，如果再來耍花招，我馬上引爆炸彈……」

「引爆炸彈？」一笨蛋剛剛醒來就聽到這話，又一聲不響的倒了下去。

「聽見沒有？我不想看見你們，給我出去！」威利向一笨蛋那裡看看，隨後又看看乎乎警長和阿博。

乎乎警長和阿博很無奈，全都低著頭走了出去，看來他們今天註定要敗在這個綁匪手上了。他們回到指揮中心，乎乎警長一路上都沒有說話。

「談判也沒用吧？」牛頓一看到阿博就問。

「小點聲。」阿博連忙對牛頓搖搖頭，指了指乎乎警長。

「警長，我們怎麼辦？」阿布問：「現在時間只剩下一個小時了。」

「我看籌錢也來不及了。」阿博愁眉苦臉的說：「哪裡去找兩千萬，還零三百一十五塊三角四毛……不知道電視臺肯不肯出這筆錢……」

「別想了。」乎乎警長揮揮手，「那個董事長說了，湊一百萬現金都困難，他就是不想給錢。反正導演和編劇都跑了，他可以另組團隊……」

「他居然這樣對待員工！」阿博憤憤不平，「這些演員可是為他賺了大錢的。」

「我們支付贖金！」乎乎警長突然打斷阿博的話，「要是還想不出辦法，時間快到的時候就答應他，不但支付贖金，還要給他們提供一架直升飛機。」

「啊？」阿博愣住了，「警長，你說什麼啊？是兩千萬現金，不是兩萬元，更不是兩百元，而且不是說電視臺不會同意支付贖金的……」

「算了。」乎乎警長無奈的說：「業餘超人，看在你一直非常業餘的幫助我們的份上，告訴你吧！其實警局一直有準備一筆巨額現款，就是為了應付這種綁架案，如果我們在綁匪提出的時間內搞不定，那最後就支付贖金，保住人質的生命是最重要的。這可是個大祕密，你一定要保密。」

「原來是這樣。」阿博恍然大悟，「那……那支付了贖金之後怎麼辦呢？」

「一般綁匪都要我們提供車輛或飛機，無論是車輛還是飛機，我們都會安裝上定位系統，救下人質後我們會全面展開搜捕，無論難度有多大，我們會追蹤到底。」

「嗯，我了解了。」阿博稍稍放鬆了一些，「這下那群小笨蛋獲救了。」

「沒想到我成為橢圓市第一個交付這筆贖金的警長。」乎乎警長感嘆道：「以前所有的綁架案都成功解決，沒用過這筆贖金，我們一直打賭誰會用上這筆贖金，看來是我中大獎。」

說完，乎乎警長擠了擠臉上的肉，像是在笑，但這種笑比哭還難看。

「乎乎警長，沒關係。」阿博安慰他，「我也會跟進這個案子，那筆錢還有那兩個傢伙都跑不了的。」

「我的主人會在他們花光錢之前抓到他們。」莎士比亞在一旁補充。

「噢，但願吧！」乎乎警長聳聳肩膀。

說完，乎乎警長看看手錶，時間剩下不到一小時了。

「大家還有什麼新的主意嗎？」

在場的一共十幾個人，所有人全部面面相覷，然後都搖搖頭。

「總部，總部。」乎乎警長拿起對講機，「請接局長，和他談支付贖金的事情。」

「收到，馬上聯繫局長。」對講機裡傳出答話聲。

通話完畢，乎乎警長把對講機拿在手裡，他看到大家沮喪的表情，現場氣氛非常凝重。

「不用這樣。」乎乎警長試著緩解緊張的空氣，「我們還沒有輸，我們最終會抓到那兩個傢伙的。矩形市和平行四邊形市都發生過這樣的情況，而且綁匪最後都被抓住了，矩形市那兩個綁匪甚至才剛用贖金買了兩個漢堡，就落網了。」

「是嗎？」阿博聽到這裡鬆了口氣，「這下我放心了。」

「沒錯，要對我們有信心。」乎乎警長拍拍阿博的肩膀，「你是業餘的，我們可是專業的，怎麼樣，還是不讓我看看你長什麼樣子嗎？」

「這個……算了，我是一個低調的超人。」阿博搖搖頭。

「我可是一隻高調的老鷹，你們一定要讓媒體多報導我的表現。」莎士比亞飛到阿博肩膀上，對著大家說：「為了幫助警方，我想出了一個很妙但被你們搞砸的好主意，下午播出的《一群小笨蛋》也沒有看，我喜歡看《一群小笨蛋》。」

「我連《橢圓達人秀》的初選都沒去呢！我報名唱歌，我是歌唱達人。」阿布說：「本來都請好假了。」

「你也報名《橢圓達人秀》？」阿博問。

「那當然。」阿布說：「我可是橢圓市警界的歌星……」

說著，阿布做了幾個麥克傑克遜的舞蹈動作，嘴裡哼了兩句麥克傑克遜的歌，還真的很像。現場緊張的氣氛立刻活躍起來。

「我也是，我要朗誦一段自己寫的詩，我是詩歌達人。」阿博也興奮起來，他雙手抱在胸前，感情投入，「啊，月亮，你好美麗，月亮，你好美麗，啊，你好美麗，月亮，啊，你好美麗，月亮，啊……」

「就這麼兩句，你有完沒完？念得也難聽。」阿布說著捂著耳朵，「夠了！」

阿博的朗誦讓現場陷入一片抱怨，大家紛紛捂上耳朵，都說是世界上最無味的詩，而且阿博的聲音也不好聽。

「求求你，不要再念了！」乎乎警長放下手中的對講機，一直捂著耳朵，他咧著嘴大聲喊道。

「啊，月亮，你好美麗……有那麼難聽嗎？」阿博終於不再念了，他望著乎乎警長，說：「反覆念是為了加強重點，這是關鍵……啊，你好美麗，月亮……」

「停止！」乎乎警長大吼一聲，阿博閉上了嘴。乎乎警長看阿博不念了，才鬆開捂著耳朵的手，拿起對講機，「謝謝，太感謝了，你總算不念了。」

「確實難聽。」在一旁的牛頓看了看乎乎警長，竟突然也張嘴念：「啊，月亮，你好美麗……」

「喂，怎麼連你也念？」乎乎警長瞪著牛頓，大聲問。

「警長。」牛頓非常認真的說：「我找到抓住綁匪的辦法了，請給我最後一次機會。」

祕密武器

十分鐘後，攝影棚門口的迪迪搬了把椅子坐著，他一直守在那裡，覺得累了。員警要是往裡面衝，迪迪是第一道防線，威利也會馬上知道。

迪迪盤算著未來的生活，想到自己馬上會成為千萬富翁，他開心的笑了。

「砰砰！」一陣敲門聲忽然傳來，迪迪疑惑的站起來，他沒有聽到腳步聲，不知道誰在敲門。

「誰呀？」迪迪打開門，探出頭問道。

「嗨！你好。」莎士比亞對著迪迪揮動翅膀。

「啊？」迪迪嚇得後退兩步，差點跌倒在地上。

「不要怕，我是隻老鷹，橢圓市最可愛的鳥類。」莎士比亞繼續揮著翅膀，「橢圓市最可愛的大狼狗也來了。」

迪迪好奇的打開門往前探身，看到了牛頓，牛頓向迪迪招手。

「迪迪，你在和誰說話。」威利在裡面問道。

「一隻會說話的老鷹，還有一隻會說話的大狼狗。」迪迪喊道。

「我們找你的主人。」牛頓對迪迪說：「他在裡面嗎？沒出去購物？」

「我的主人？」迪迪眨眨眼，他覺得哪裡不對勁，「滾，我又不是寵物，裡面的人是我的老大。」

「迪迪，叫他們進來。」威利聽到了外面的聲音，「你守在門口。」

莎士比亞和牛頓進到了攝影棚內，威利看到會說話的老鷹和狗，也覺得很驚奇。一笨蛋剛剛醒過來，他和那些劇組成員也好奇的望著牛頓和莎士比亞。

「你們是業餘超人的寵物吧？」威利想了想，「以前在報紙上看過，說你們會說話。」

「是的，我們是他的寵物。」

「人不來了，派你們兩個寵物來幹什麼？」威利問，「又有什麼新花招了？」

「不是。你不是說過不想再見到他們嗎？為了不刺激你，他們派我們來傳話。警方說時間快到了，同意支付贖金。」莎士比亞說。

「哈！」威利立即興奮起來，「迪迪，聽到了嗎？他們認輸了，我們就要發財了！」

「聽到了。」迪迪在大門口高興的揮舞著手臂，「威利，我們太棒了，三百一十五塊三角四毛的成本，淨賺兩千萬！」

「投降認輸、支付贖金時我還是要見的，我只是不想再看到他們使用那些蹩腳招數。」威利指指外面，「快叫他們送錢來，還有直升

機必須等在院子裡，停在樓頂上也可以，這個攝影棚的樓頂是平的。」

「那個吝嗇老闆會付錢？」一笨蛋也聽到了牛頓的話，他瞪大眼睛，看著身邊的夥伴，「這怎麼可能？又是圈套吧？」

「這證明我們很有價值，我們是明星呀……」二笨蛋想了想說。

「你們董事長不肯掏錢。」牛頓冷冷的對一笨蛋說，「這次是警方支付贖金。」

「我就知道。」一笨蛋恍然大悟。

「那我叫主人來談一談支付方式。」莎士比亞說：「是要現金對嗎？」

「是是是，快叫他來。」威利急忙說。

莎士比亞飛出去，不一會，阿博跟著牠進到棚內來。

「警方同意支付贖金了？」威利見到阿博馬上問：「我要的可是現金……」

「我可以全權代表他們。」阿博說：「半個小時後贖金將全額送到，直升機會停在攝影棚樓頂上。」

「這還差不多。」威利相當滿意，「早就這樣多好，不過顯然不失敗幾次你們不知道我的厲害。」

「威利先生，警方要我告訴你，既然同意支付贖金，你可以放鬆了。」阿博接著說：「你的手一直拿著引爆遙控器，這樣其實很危險，警方不希望最後時刻發生意外。」

「又耍花招吧？」威利冷笑一聲，「想要我放開遙控器？想得美。」

「沒有。」阿博立即擺擺手，「沒有這個意思，只是想緩和一下嚴肅氣氛，現在沒必要太緊張，你要拿就拿著。對了，我的寵物會唱歌，詞曲都是我寫的，讓牠們唱歌緩和一下氣氛吧！」

「主人，要唱什麼歌呢？」莎士比亞問：「我們會那麼多首歌，唱哪一首？」

「就是那首……〈月亮，你好美麗〉，我先起個頭，朗誦詩加歌唱表演。」阿博說完扯著嗓子唱了起來，「啊，月亮，你好美麗，月亮，你好美麗，啊，你好美麗，月亮……」

「啊——」威利和人質全部一起尖叫，「不要唱了！好難聽呀！」

「……月亮，你好美麗，啊，你好美麗，月亮……」阿博才不管，他繼續高歌。

「……啊，月亮，你好美麗，月亮，你好美麗……」牛頓和莎士比亞用一種怪異的聲音一起合唱。

「煩死人，救命呀——」一笨蛋大叫著：「威利，請你給我一槍，引爆炸彈也可以——」

說完，一笨蛋痛苦萬分，一口氣沒有上來，又暈了過去。

「不要唱了！」威利放下手中的槍和遙控器，雙手緊緊的捂著耳朵，「就這麼兩句，煩死啦！難聽死啦！」

就在這時，莎士比亞飛過去用爪子把威利的手槍撥開，牛頓衝過去叼住引爆遙控器，飛快得跑了回來。

「不許動！」阿博用電磁炮指著威利的腦袋，大喝一聲。

「不要唱啦……」威利還在那裡閉著眼睛大喊，睜開眼睛

的時候，發現手槍已經被撥到一邊，遙控器也不見了，他大吃一驚。

「舉起手來。」阿博得意的說：「這是大結局，演出結束了！」

「怎麼回事?怎麼回事?」迪迪大喊著衝了進來，剛才他也聽到歌聲，於是捂著耳朵，歌聲停止後，他急忙衝進來，看見阿博拿槍對著威利，嚇一大跳，他連忙舉起槍，「不、不許動——」

「看招。」阿博把電磁炮對準迪迪。

「咻」的一聲，一枚炮彈飛了出來，炮口是對準迪迪的，但炮彈出膛後向迪迪身後飛去，「轟」的一聲爆炸，迪迪身後的牆壁被炸開一個大洞，迪迪也被衝擊力震倒在地。

「不要開火，我投降。」迪迪嚇得趴在地上喊叫：「都是威利的主意，沒我的事。」

威利此時已經完全呆住了，就在一瞬間，局勢完全被逆轉過來，他怎麼也想不到阿博他們會有這樣的計策。

牛頓是剛才看到乎乎警長放下手中的對講機、捂耳朵的情景才想到這個辦法，乎乎警長手裡拿著對講機是無法捂住耳朵的，威利手裡拿著槍和遙控器，也是無法捂著耳朵的。

十幾個員警衝進來，他們馬上抓住迪迪和威利，乎乎警長隨後也走了進來，他非常高興。

「真是太感謝了。」乎乎警長走到牛頓身邊，摸摸牠的頭後，又緊緊握住阿博的手，「你們這個辦法真是出奇制勝！說真的，我總是擔心地球會遭到外星人進攻，現在不怕了，外星人攻擊地球就播放你們的合唱錄音，你們的歌聲是我們地球的祕密武器。」

「警長，」阿博有點不高興的說：「今天是特殊情況，完全是為了對付綁匪。我的詩現在還有一些缺陷，歌聲也不是很動聽，不過未來會有很大進步空間的……」

「不要進步，這樣就好。」乎乎警長連忙打斷他：「我就

喜歡這樣的缺陷。」

「是嗎？」阿博深吸一口氣，張嘴就喊：「月亮，你好美麗，啊，月亮……」

「不要呀——」乎乎警長連忙閃躲起來，攝影棚裡的其他人也開始捂耳朵，「不要念啦！」

「我都已經投降了，不要再念了。」威利正被幾個員警押走，聽到阿博的詩歌朗誦，痛苦得喊起來。

暈倒的一笨蛋剛被一個員警喚醒，聽到了朗誦，他眼睛一翻，再次暈倒。這天是他的暈倒日。

攝影棚外，一片忙碌，直升機盤旋在攝影棚上空，記者和圍觀的人愈來愈多，警方正在解除警戒，一切都在恢復之中。

「主人。」牛頓和阿博走出了攝影棚，在這種公共場合，牛頓不會叫阿博的名字，「就像你剛才說的那樣，今後你的詩歌創作會有很大的進步空間，那樣就不會被當作祕密武器使用了，到時候人們會搶著買你的詩集，你的詩也會被作曲家譜成曲，廣為傳唱。」

「你真的這麼認為嗎？」阿博很感激的看著牛頓，「我知道我還要努力，但真沒想到我的詩歌居然和武器扯上了關係，還是祕密武器。」

「呵呵，那也沒什麼。」牛頓笑笑，「要不是你的詩歌，今天綁匪就會得逞，所以說任何事情都要往好的方面想，橢圓市的市民會感謝你。啊，你快看。」

天空中的直升機靠了過來，機上的一個員警對著阿博用力揮著手，大聲喊著什麼。

阿博也向那個人揮揮手，直升機飛走了。

「他剛才喊的是『謝謝』。」牛頓說：「我聽到了。」

「我也聽到了。」阿博終於笑了，「那麼……我的詩歌就

算是武器吧！不過總有一天會被大家接受的。牛頓，你說的很對，回去後我就開始再寫個十首、八首的詩歌，寫好了先念給你們聽……」

說著，阿博走向乎乎警長，他準備和警長告別。警長已經忙完了，他正和幾個小笨蛋演員說話，莎士比亞也已經要到幾個笨蛋的簽名了。

「你又鼓勵他了？」莎士比亞飛到牛頓身邊，「我不是不看好他在詩歌方面的發展，而是非常不看好，極不看好……」

「我只是安慰他。」牛頓也有些慌亂，「他太執著了。」

「哇！你這身制服也借我穿穿看吧！你穿上去看起來很威武。」四笨蛋一直拉著乎乎警長說。

「這是制服，不能隨便借你。」乎乎警長說。

「我知道這是道具組準備的道具，你是一個好演員，你以前演過什麼？」四笨蛋問。

「什麼演員？我一直是警察。」乎乎警長不滿的說：「你不會以為剛才都是在拍戲吧？」

「什麼？剛才那些不是讓我們即興發揮的戲？」

四笨蛋先是一愣，然後急著問：「我們以前拍過這種脫離劇本、即興發揮的戲。」

「當然不是，你們真的被劫持了。」乎乎警長說：「這不是演戲，也不是演習。」

「啊——」四笨蛋腦中一片空白，嚇暈過去了。眾人連忙開始搶救他。

四笨蛋清醒後，阿博和乎乎警長已經開始握手話別，乎乎警長一直說著感謝的話。阿博走到窗邊，向牛頓和莎士比亞招招手，隨後蹲下。

「你們鑽進來，我們要回去了。」

牛頓和莎士比亞鑽進背包的側袋，阿博對乎乎他們揮了揮手。

「再見了。」阿博說完快速升空。

「再見，非常感謝。」乎乎警長和小笨蛋演員們朝阿博揮手告別，「再見啦——」

乎乎警長的話音剛落，只見半空中的業餘超人先是突然下降，隨即降落傘打開，他們緩緩的降到地面——阿博的噴射器又空中停車了。

「又是這樣。」乎乎警長搖搖頭，「唉！真是業餘。」

這天晚上，阿博家對面的房子裡，阿達正在認真的寫日記，桌子上有一張照片，照片上一片模糊，只有一隻鞋子能看清，背景是大面積的天空。阿博的成像干擾發揮了作用，但是技術不太好，留了一隻鞋子。

「今天他又出動了，我知道只要有重大事件他一定會出動，所以看到電視報導劇組綁架案，我就守在陽臺等著他飛出來。」阿達寫著：「不知怎麼回事，拍了三張，兩張空白，一張只拍到他的一隻腳，橢圓時報不接受這張照片，當然，他們更不接受我提出的一千萬元報價，還說我不要把一隻鞋扔到天上再拍照。我告訴他們說阿博的寵物也叫牛頓和莎士比亞，他們說很多人現在都把自己的寵物名字改成這兩個名字……沒關係，阿博、業餘超人，我離你愈來愈近了，我會證明你就是業餘超人的……」

動小說
業餘超人：搶救笨蛋劇組

作　　者：關景峰
繪　　圖：曾瑞蘭
總 編 輯：鄭如瑤
文字編輯：許喻理
美術編輯：張雅玫
封面設計：徐睿紳
印務經理：黃禮賢

社　　長：郭重興
發行人兼出版總監：曾大福
出版與發行：小熊出版・遠足文化事業股份有限公司
地　　址：231 新北市新店區民權路 108-2 號 9 樓
電　　話：02-22181417
傳　　真：02-86671851
劃撥帳號：19504465
戶　　名：遠足文化事業股份有限公司
客服專線：0800-221029
E-mail：littlebear@bookrep.com.tw
Facebook：小熊出版
讀書共和國出版集團網路書店：http://www.bookrep.com.tw

法律顧問：華洋國際專利商標事務所／蘇文生律師
印　　製：漾格科技股份有限公司
初版一刷：2017 年 12 月
定　　價：280 元
ISBN：978-957-8640-06-1

更多書訊，歡迎光臨
小熊FB粉絲專頁喔！
facebook 小熊出版

國家圖書館出版品預行編目（CIP）資料

業餘超人：搶救笨蛋劇組／關景峰作；
曾瑞蘭繪. -- 初版. -- 新北市：小熊出版：
遠足文化發行, 2017.12　　面；　公分.

ISBN 978-957-8640-06-1　（平裝）

859.6　　　　　　　　106022030

小熊出版讀者回函

吳鳳帶路！
橫跨歐亞文明私旅

來自土耳其的邀請函

吳鳳 Uğur Rıfat Karlova 著

Invitation from my homeland:
Beautiful Turkey

獻給我的老婆、女兒
及愛上這片土地的你。

目錄

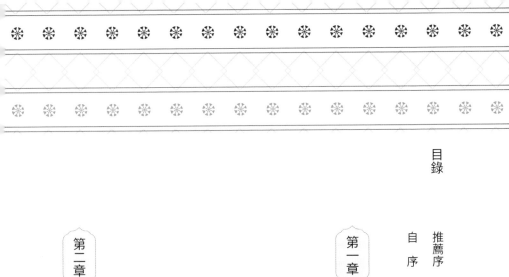

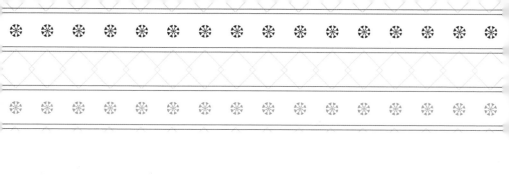

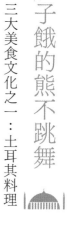

推薦序——土耳其到底有甚麼，看看吳鳳怎麼說？

允晨文化發行人　廖志峰

這幾年到土耳其旅遊成了新風潮，是因為熱汽球太吸引人？還是旅費經濟實惠？土耳其到底有甚麼魅力，可以讓這麼多台灣人趨之若鶩，不遠千里而訪，我一直很好奇。

於是，有一天耐不住沉悶重壓的工作，我也去了一趟土耳其透透氣。我去土耳其的原因，也許和大多數人不同，我為帕慕克而去。我原本只想在伊斯坦堡停留，只是想到語言不通，人生地不熟，還是跟著旅行團去了。也因為跟團，讓我去了許多一個人無法走到的地方，像電影《冬日甦醒》的拍攝現場，石灰地景迷人的洞穴房舍，卡帕多奇亞，至今讓我回味無窮。而卡帕多奇亞，也正是遊客乘坐熱汽球的所在地。所以，當我因天候緣故無法坐到熱汽球時，其實我內心不太遺憾，我怕掉下來。

因為仰慕一個作家而造訪作家描述的城市，對文青們來說，不足為奇，我們不是也因相同的理由去了巴黎或羅馬？我們不是為了體驗歷史的沉重，而是歷史中積累出的城市厚度和風韻而前往。說起來，在帕慕克之前，我已讀過有關土耳其的著作，作者就是諾貝爾文學獎呼聲一直很高的日本作家村上春樹，他寫了《雨天炎天》，只是讀完之後，引不起我太大的興趣。然後，帕慕克出現了，我帶著他的《伊斯坦堡》去了土耳其……。我沒有失望，唯一失望的是，停留太短暫。

回來後，我有時在臉書上貼著在土耳其所拍的照片，有時也貼出我在土耳其所買的手工地毯，始終無法回神。忽然有一天，接到友社遠足文化的邀請，請我爲他們的新書《來自土耳其的邀請函：吳鳳帶路！橫跨歐亞文明私旅》寫幾句話，我嚇了一跳，也請他們慎重考慮，然後，他們寄來了書稿，於是我又重歷了一次土耳其之旅。

不過，這次的重訪很特別，這次的重訪是跟著來自土耳其的台灣女婿吳鳳的腳跡，他以在地的，本土的角度，放進了個人的生命經歷，以家常閒話的方式爲讀者介紹土耳其的風土人情，讀起來特別有一種溫度，文字平實不花俏，卻拉近了土耳其與台灣的距離。書中所描述的地方，我大多去過，不管是番紅花城，還是藍色清真寺，有些飲食的風味印象不深刻，不過，也因此讓我知道我錯過了甚麼，了解一個有著悠久的歷史文明，位處歐亞大陸之交，戰禍不斷的土耳其人，心中真正所感。也許哪一天吳鳳帶團，再去一趟土耳其。

旅行讓人視野擴大，看見世界其他國家的人情風土，祝福土耳其，祝福台灣。

自序——來自土耳其的我

在土耳其有一句話：「每個人都是自己國家的大使」。

我很贊同這句話。

尤其是跟我一樣長期旅居國外的人，每一個小動作、每一次的態度，都在重塑別人對我們國家的印象。所以這句話的意思雖然簡單，卻深含重大的意義。我也一直提醒自己，自一九九六年第一次出國到現在，除了謹言慎行外，我也想將土耳其的美與文化介紹給更多人知道。

二〇一三年，我跟著《愛玩客》前往土耳其拍了四集特別節目，介紹了伊斯坦堡（Istanbul）、我的家鄉泰基爾達（Tekirdağ），還有熱氣球的故鄉卡帕多奇亞（Kapadokya），我很開心有許多人因爲這個節目更嚮往到土耳其旅行！

土耳其是一個國際著名的觀光國家。每年造訪土耳其的觀光客，平均超過三千萬人次（位居世界第六名），只可惜當中亞洲人佔極少數，而且這也不表示所有的觀光客都很瞭解我們的民俗風情與文化。

瞭解一個國家各個方面的特色及文化，需要很長的時間，當然也需要願意融入當地的社會文化。另外，當一個國家的領土越大，差異性也必然越大，就更不容易熟知每個地方的發展。土耳其國土約台灣的二十三倍大，而且每一個地區的習俗與文化盡不相同，所以連我們土耳其人也沒有辦法全盤了解。

爲了籌劃這本書，我做了不少準備，因爲要完成一本書真的不是一件容易的事。因著大學時期我在土耳其讀過旅遊管理，後來也當過導遊。這些工作與教育背景在寫作過程中對我有很多的幫助。

你現在手上拿的這本書，是我以土耳其人的角度介紹給大家，內容包含了比較少外國觀光客知道的景點、歷史故事、傳統食物等。我盡量用深入淺出的方式，讓讀者們能夠以最輕鬆又快速的方式來融入土耳其人的生活裡。

這本書的目的絕不是要闡述很難的歷史文化，也不是單純的旅遊工具書。而是希望藉由這本書，讓讀者有更廣闊的世界觀，有更多意想不到的收穫。

另外，由於土耳其是一個很大的國家，若真的要寫土耳其的每一個景點與故事的話，搞不好要出版好幾本書，這是一個不可能的任務，因此請見諒我沒寫的部分。

將來我一定會更努力寫關於土耳其其他主題的書。

最後，我想要分享一句土耳其文：「Misafir başımızın tacıdır」。這句話的意思是：「客人是我們頭上的皇冠」。展現了我們對客人的尊重跟熱情。土耳其人很好客，在土耳其的任何一個家庭，幾乎天天都會遇到許多客人。我帶老婆回去看家人的時候，老婆好奇的問我：「老公，爲什麼每天晚上很多人來找你妹妹跟妹婿，一直聊天一直聊天？」。答案其實很簡單：土耳其人愛聊天。也很喜歡去朋友家作客，一邊喝茶一邊閒話家常，這是我們的娛樂之一。台灣有些鄉下地方也是這樣，朋友們聚集在一起泡茶聊天。不過，與台灣的情況類似，在大城市比較少能體驗到這種人情溫暖。大家在忙碌的生活中漸漸忽略社交，或者只是約在外面的餐廳聊天而已。

在土耳其還可以看得到很多有趣的傳統。例如，人們互相擁抱、互親臉頰等等。一開始我老婆不習慣被我的家人們一個一個擁抱，但這是我們表達愛與熱情的方式。現在老婆每次跟我回土耳其時，也跟我們一樣擁抱、親親大家。

這本書的讀者就是我的客人。打開書的封面，從第一頁開始看，就等於打開我家的門進來作客。請讓我招待你，把土耳其的各個故事分享給你。

你是我的客人，請好好享受這趟旅行吧！

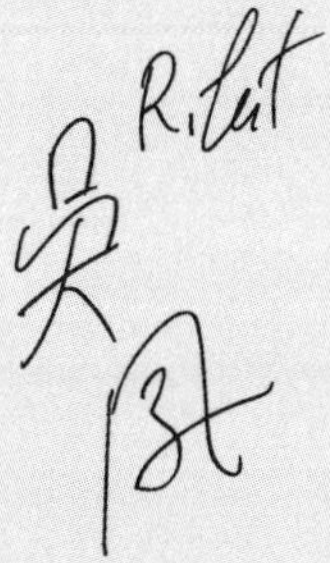

Uğur Rıfat Karlova

2017，台北

海
喬治亞
東部安納托利亞 地區
東南安納托利亞 地區
伊拉克
敘利亞

保加利亞
埃迪爾內省
泰基爾達省
伊斯坦堡
istanbul
馬爾馬拉海地區
Çanakkale
恰納卡萊
番紅花城
Safranbolu
卡拉比克省
黑海地區
中部安納托利亞地區
伊茲密爾省
愛琴海地區
卡帕多奇亞
kapadokya
以弗所
Efes
棉堡
Pamukkale
丹尼茲利省
孔亞省
安塔利亞省
地中海地區
地中海

土耳其人常常說「不一樣」是我們的財富，
就像是馬賽克磚一樣。
每一顆小石頭有不一樣的顏色，
但是合在一起就成了一幅美麗的圖。

第一章

土耳其非典型觀光！

★我的家鄉色雷斯 Trakya

馬爾馬拉海

美麗海洋包圍之地

土耳其總人口約有八千萬人，土地有八十一萬多平方公里面積。雖然我們的土地是台灣的二十三倍大，但是人口數只比台灣多了三倍。所以相對於這麼大的土地，人口其實不算非常的多。在地圖上，土耳其有一小塊國土在歐洲，而這裡就是色雷斯，英文爲「Thrace」。我們稱這塊小土地「Trakya」。我就是來自這個地區。

色雷斯的土地只佔全土耳其的百分之三，約兩萬三千平方公里。有非常悠久的歷史文化。其實原來的色雷斯不只有土耳其這小塊土地，包括保加利亞南部及希臘東北

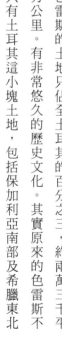

部也是稱爲色雷斯，但因爲不是在土耳其邊界裡，所以我們稱這裡爲西色雷斯。這個區域被三個漂亮的海洋包圍——黑海、愛琴海與馬爾馬拉海。這些海洋各有各的特色，和不一樣的海岸地形。

色雷斯的名字來自西元前四至五世紀。亞歷山大時代（西元前三三五年）色雷斯人被亞歷山大的軍隊控制。接下來的日子裡，這個地區慢慢有不同族群加入，尤其受羅馬帝國統治後，色雷斯人自己的傳統文化及生活方式也漸漸消失。

現在如果在色雷斯隨意走走，很容易就會遇到古墓及古蹟，聽說這些古墓裡埋有很多寶藏。難怪有時候會出現盜墓者，當然，如果被抓的話，懲罰也蠻重的。

我的第一個生日 /1981 年

爸爸的夢想，度假小屋

爸爸的夢想

我的家鄉是泰基爾達省的海拉博盧小鎮（Hayrabol）。海拉博盧是一個非常小的地方，人口不到兩萬人，沒有太多觀光景點，但仍有屬於自己的單純特色。

媽媽在我四歲的時候就過世了，所以爸爸上班的時候，都是由姑姑負責照顧我和妹妹。

我爸爸不是一個有錢人，但他很努力工作，存了一筆錢在海邊買了一塊地，然後蓋一間小小的度假小屋。我記得小時候一放暑假，我們全家會到那待上三個月，好好享受夏天。度假小屋是我和妹妹小時候最喜歡去的地方，在這裡有許多我們共同的回憶。

大概在我十二、十三歲的時候，某天爸爸從抽屜拿出一張紙給我看，紙上有一棟小房子的照片。我問他這個圖是什麼？爸爸說二十年前他在報紙上看到這個房子非常喜歡，所以他對自己說，如果有一天他有能力的話，他想要擁有這樣一棟小房子。到了一九八六年，爸爸終於有能力在海邊蓋一棟自己夢想中的房子。我相信他一定很希望媽媽也

我的小時後 /1980 年

我和妹妹 /1985 年

看到這個成就，與我們一起享受幸福的日子，只是媽媽離開的太早。

我很爲爸爸驕傲，很佩服他的堅持與實踐力。小時候並不是很了解爸爸爲我們所做的犧牲，但長大過程中，慢慢發現他是一個這樣偉大的人。姑姑也是，在媽媽走了之後，她願意全心全力照顧我們。天天做飯給我們吃、整理家裡、帶我們出去玩等等。我還有印象小時候洗完澡，她擔心我們自己走走廊的時候會著涼，所以親自到浴室揹我和妹妹進房間。

直到一九九七年她離開了，我們好難過。雖然至今已經過了很多年，但我們一樣想念她。每次去度假小屋的時候，就會想起姑姑在海邊等我們的畫面。

爸爸支持的求學之路

十二歲以前，我都在海拉博盧讀書。後來爸爸爲了讓我受更好的教育，送我去泰基爾達的美國學校就讀中學。當時這間學校才剛開幕一年，很

爸爸

2001 年畢業於旅遊管理暨德文系

多父母覺得這間學校是一個很好的機會，經濟狀況較好的人都願意花錢讓自己的孩子念美國學校。我爸爸不是有錢人，但是他一直都很重視我們的教育。爸爸當時想讓我學英文，大開眼界，所以他願意花錢在我的教育上。我很好奇的問他：「不過爸爸，我們不是很有錢，你確定嗎？」他的回答我永遠不能忘記。他說：「你不用擔心錢的部分，我的責任是賺錢給你受好的教育，你的責任是好好讀書，學英文準備未來！」，所以我十二歲到十六歲在美國學校讀書。

十六歲時我考上觀光旅遊學校，慢慢發現爸爸讓我讀美國學校的優勢。很明顯，我的語言能力比其他同學好（雖然數學和化學方面不是很強），溝通能力及國際觀上有很明顯的差別。從美國學校的教育到後來就讀觀光旅遊學校的經歷，讓我對世界充滿好奇，因此我十八歲時，決定開始投資新的語言，專心於德文旅遊管理。很多人暑假會回家度假，我爲了想要有更多學習經驗，就留在土耳其南部當導遊。我認識了更多國外來的朋友，不斷的練習英文及德文。二十一歲畢業後，我期待自己更有能力，於是又努力考了第二個大學，而這也是後來影響我到台灣的主要因素——安卡拉大學的漢學系。二十六歲畢業時，我成功拿到台灣獎學金，所以來到了師範大學的政治研究所。

在學習這條路上，我是一個很幸運的人，有爸爸的支持，加上很快發現自己的興趣，持守往自己的目標努力前進。爸爸是一個很好的榜樣，在我自己當了爸爸之後，也想要和他一樣變成我孩子心目中的英雄。

土耳其學制：

土耳其的義務教育是十二年。孩子於六歲或七歲時開始就學。

我是七歲開始上學。那時候義務教育是五年。現在隨著思想與制度的進步，義務教育為八年，到了八年級的時候算是國中，後來有一個高中聯考，學生可以選擇繼續升學。不同的國中提供不同領域的教育，例如：職業學校、科學學校等。高中後是大學聯考，跟台灣一樣，學生可以選擇興趣領域的大學，但分數不夠的話沒辦法考上。土耳其大學聯考競爭挺大的，如果考不上公立大學，另外也有私立大學，只是學費比較貴。

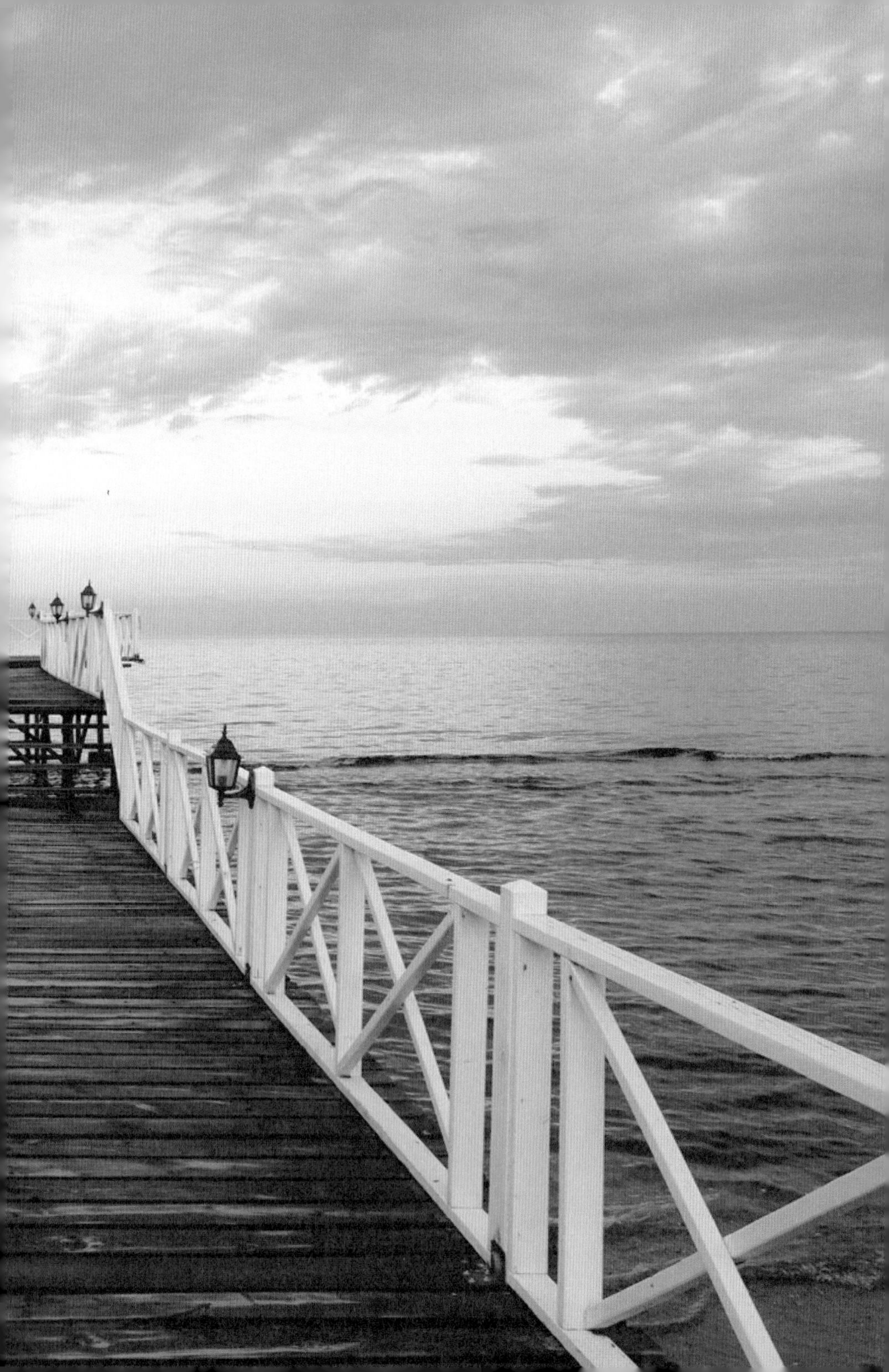

妹妹與向日葵田

鄉愁的味道

古希臘的作家希羅多德曾說：「若有一個好的領導人帶領色雷斯人，因他們的個性驍勇善戰，決不會輸掉任何一場大戰，他們認爲自己是貴族，而非農夫。」對他們而言農夫不是高級的職業，社會地位低。雖然以前這裡的人不是非常重視農業發展，但是現在的色雷斯有很多農民。聞名全土耳其的向日葵、櫻桃就是種植在這塊土地。除了這些農作物還有生產小麥和米，以無鹽起司製作的甜點也相當有名。

土耳其人的國酒「拉克酒」（Rakı）也是我家鄉的名產之一，以芭蕉和葡萄釀製的酒，土耳其人在吃魚料理時，絕對不能沒有拉克酒。帶有一點八角味，但是聞起來很香。我老婆第一次嘗試的時候還蠻喜歡它的味道。

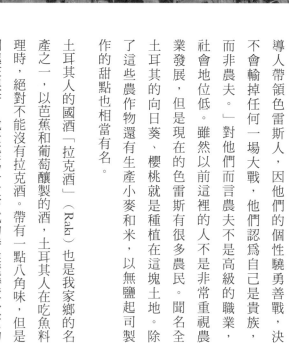

橄欖油摔角（這個動作容易將對手舉起，但難度較高）

另一個特色菜土耳其文稱「Tekirdağ Köftesi」（泰基爾達肉丸），是橢圓長型的牛肉丸，主要食材是牛絞肉、洋蔥、孜然粉、胡椒粉、蒜泥及麵包粉，吃的時候會搭配特調番茄醬，論及口感、製作過程、香料的搭配都是獨一無二的。名聲遠播至臨近城市的人也常來吃。我老婆也成了牛肉丸小粉絲。經過泰基爾達的每一台觀光巴士都會特地爲此牛肉丸停留。沒有吃就不能離開我的家鄉！哈哈！

泰基爾達牛肉丸

魅力無法擋的橄欖油摔角好手

色雷斯地區最大的城市叫埃迪爾內（Edirne）。離我家鄉約有兩個多小時車程。這個城市是以前鄂圖曼帝國的首都，在歷史上佔有非常重要的地位。若有機會造訪，一定要朝聖鄂圖曼帝國留下來的塞利米耶清真寺（Selimiye Mosque）及美麗奇橋（Meric Bridge）。這兩個建築相當獨特華美。

此外，這裡有一項比古蹟更受歡迎的傳統民俗活動——橄欖油摔角（Yağlı güreş）。鄂圖曼帝國時代約一三六二年，第一次舉辦橄欖油摔角比賽。直到現在，一年比一年更熱鬧，也發展成一個國際級的競賽。於每年的六月底、七月初進行，吸引非常多國內外媒體。土耳其各地的摔角好手都前來參加，每一個參賽者都經過長年訓練，競爭相當激烈。各個年齡有不同的比賽項目，獲得冠軍等於一個小王子般有地位。歷史上多屆冠軍在色雷斯都有自己的雕像，成爲在地英雄。

小時候爸爸曾帶我跟妹妹去看一場摔角比賽。雖然許多年過去了，但是我們仍記得那一天比賽的熱血畫

蘇萊曼尼耶清真寺

面。炎熱的天氣，摔角手在比賽前需將全身塗滿橄欖油，賣力的表現讓坐在草地上的觀眾十分感動。這個文化體驗真的很有趣，也被聯合國教育科學暨文化組織（UNESCO）列爲無形文化遺產。

看完比賽記得要品嚐在地美食，尤其是炸羊肝。這道菜是埃迪爾內市最具代表性的食物。位於市中心的「Ciğerci Niyazi Usta」是在地人評爲最好吃的一家店。

★跨越歐亞文明的十字路口：伊斯坦堡 İstanbul

伊斯坦堡歷經不同歷史年代，因爲重要的地理位置，被不同的帝國、君主、民族爭相統治過。法國軍事家拿破崙曾經說：「如果整個地球是一個國家的話，伊斯坦堡就是它的首都。」光聽這句話就知道伊斯坦堡有多珍貴。

拜占庭時期

伊斯坦堡的歷史相當悠久。三十萬年前人類早已在伊斯坦堡附近定居。不過伊斯坦堡慢慢變爲城市，大概是從西元前三千年開始。

到了西元前七百年，當時從希臘的戰亂中跑出一票墨伽

伊斯坦堡舊照 /1874 年 / THE NEW YORK PUBLIC LIBRARY

拉人，首先抵達伊斯坦堡的西邊。當時的伊斯坦堡還沒有那麼有名。一部分墨伽拉人到了伊斯坦堡的亞洲塊，建立一個小城市叫迦克墩（Khalkedon）。剩下的墨伽拉人則到歐洲塊建立另一個城市——拜占庭。

拜占庭人主要的收入是貿易。他們建立的城市雖然不大，但是地理位置佔優勢，地形也很適合經營海上與路上的生意。這些優點使得拜占庭發展的更快。西元前五百年，拜占庭的經濟力量已經開始影響到附近各個希臘殖民地。

西元前四〇五年，斯巴達攻擊拜占庭，帶給城市很大的傷害。接下來這塊土地開始被一個又一個的族群佔領。每一個新的政權，就代表更多新居民遷移到伊斯坦堡。從斯巴達到亞歷山大，幾乎每一個歐洲帝國都想掌握伊斯坦堡的政治與經濟力量。

君士坦丁堡

經過多次衝突與大戰後，羅馬帝國時代，伊斯坦堡正式成爲羅馬帝國的一部分。也從這個歷史時刻，伊斯坦堡才算真正的開始發展。

西元三三〇年羅馬帝國國王君士坦丁將拜占庭改名爲Nova Roma，意思就是新羅馬。君士坦丁動用大量資源來投資新羅馬，興建許多建築。他覺得這個城市的地理位置和自然風景一定會吸引世界各地的人。

君士坦丁改變信仰成爲基督徒後，新羅馬吸引更多基督徒前來發展。接下來的幾十年，這裡變成世界最重要的基督徒中心，也越來越多人來這裡做生意，新羅馬漸漸富裕。羅馬人在這個時候重新規劃整個城市，興建很多新建築，包含橋樑、水道、賽馬場等等。這些建築大部分都建在蘇丹艾哈邁德廣場（Sultanahmet Meydanı），也就是伊斯坦堡後來最有名的觀光區域之一。

除了經濟、宗教，藝術及文化的發展也相當出色。在君士坦丁的統治之下，新羅馬一年比一年發達，人口越來越多，經濟與政治力量也開始蔓延開來。西元三三七年，君士坦丁過世後，新羅馬這個名字被更名爲君士坦丁堡。

羅馬分裂

西元三九五年，羅馬帝國一分爲二，君士坦丁堡變爲東羅馬首都。到了五世紀，君士坦丁堡的人口已經超過十萬個人，比羅馬還多。在羅馬人的統治下，君士坦丁堡發展爲一個國際城市。世界著名的地標聖索菲亞大教堂（Hagia Sophia）也是在東羅馬時代（西元五三二—五三七年）建立的。

自西元六一六年到一四五三年間，伊朗人、匈牙利人、阿拉伯人、俄羅斯人，十字軍都曾企圖要包圍君士坦丁堡，不過勢力皆不敵東羅馬軍隊。當時的君士坦丁堡有堅不可破的城牆保護，加上東羅馬的強大軍事力量，讓敵軍難以入侵。

到了一四五三年，鄂圖曼帝國軍隊再一次包圍君士坦丁堡（第一次是一四二二年，不過失敗了）。當時想要保護城市的東羅馬軍人，以很粗的鐵鍊封鎖君士坦丁堡的港口金角灣，目的是要阻擋鄂圖曼帝國的軍艦，不讓他們進入金角灣。一旦這條天然的港口被敵人攻破，君士坦丁堡很快就會淪陷。

金角灣失守

鄂圖曼帝國的國王穆罕默德二世發現這個鐵鍊之後，決定先讓軍人將

金角灣

軍艦開往海邊，然後再以人力將船拉到金角灣裡。這是一個瘋狂的計劃，也是不容易的過程。除了需要大量人力外，還必須要非常謹慎，一旦被東羅馬人發現的話，很快就會再次被逐出。

鄂國軍人在做了很多準備之後，某個夜晚他們分成兩隊，其中一群人從另外一個方向攻擊城牆，吸引羅馬軍隊的注意，好讓另一群人偷偷把軍艦拉進金角灣裡。

待天亮後，羅馬皇帝及所有君士坦丁堡人民和羅馬人都嚇了一大跳，完全沒有料到已經有這麼多鄂國軍艦進入到金角灣。大戰還沒有正式開始之前，東羅馬長官絞盡腦汁想跟鄂圖曼帝國溝通，不讓他們直接攻擊君士坦丁堡。羅馬皇帝君士坦丁十一世表示，願意贈送給鄂國黃金和無價的古董，不過仍然無法改變鄂國對君士坦丁堡的興趣。戰爭於是爆發，羅馬皇帝尋求其他歐洲帝國的軍隊幫忙，但是沒有人願意被捲入這場新的戰役。

征服者勝利

經過兩個月的包圍，鄂國派了七萬多名軍人，使用新時代的大砲攻擊君士坦丁堡的城牆。當時的東羅馬軍人根本無法抵抗這麼猛烈的攻擊，於是鄂國軍隊取得了勝利。

一四五三年四月六日開始包圍，到五月二十七日成功佔領。君士坦丁十一世不願投降，一個人衝上戰場攻擊鄂國軍隊，結果戰

死在沙場上。鄂國軍隊和國王穆罕默德二世進入城市裡，接受君士坦丁堡人民夾道歡迎。這場戰役的勝利，震撼了全世界。也在土耳其和西方歷史上是一個很大的轉捩點。

大戰之後，東羅馬時代正式結束。鄂國國王穆罕默德二世得到一個新的封號——「征服者」。這樣的轉變，讓很多安逸於此的藝術家、科學家感受到威脅，就紛紛離開君士坦丁堡。而這些人也成爲將來文藝復興最大的功臣之一。

自一四五三年開始，君士坦丁堡的主要信仰也從基督教轉變成伊斯蘭教。很多清真寺和新風格的建築出現，如聖索菲亞大教堂也改成了清真寺。雖然兩個大宗教融合在一起，但並沒有另外出現大衝突。鄂國的管理方式賦予人民很大的自由，讓君士坦丁堡人民可以和平相處。

這個和平的轉移，國王穆罕默德二世是最大的關鍵。他開放的性格與新策略帶給新社會正面的影響。而且他除了國王的身份之外，也是位藝術家。他是一位很有智慧的人，受過良好教育，視野相當寬廣。

國王穆罕默德二世認爲君士坦丁堡一定要保留原有的特色與美麗。他讓君士坦丁堡的人民繼續享受自己的信仰及傳統文化。當時的人口有不少亞美尼亞人、猶太人和其他族群，加上鄂國民族，君士坦丁堡變成一個繁榮又多元的大城市。

一四五三年後，鄂國的首都從埃迪爾內移至君士坦丁堡。直到一九二二年，君士坦丁堡都是鄂圖曼帝國首都。而在一九二八年，君士坦丁堡更名爲土耳其文的伊斯坦堡。

現在的伊斯坦堡接近有一千五百萬人口。從金融到媒體的各個領域，是土耳其最繁榮的城市。每年吸引幾百萬人次的遊客前來觀光。另外也有很多國際活動也會在此舉辦。足球及籃球方面，伊斯坦堡爲土耳其最流行的城市。每個週末固定有一場土耳其聯盟比賽，讓球迷參與。伊斯坦堡也常舉辦藝術展覽、舞台表演等大型活動。國際運動明星、演員也常造訪這個美麗的地方，歷史古蹟和海景令人印象深刻。

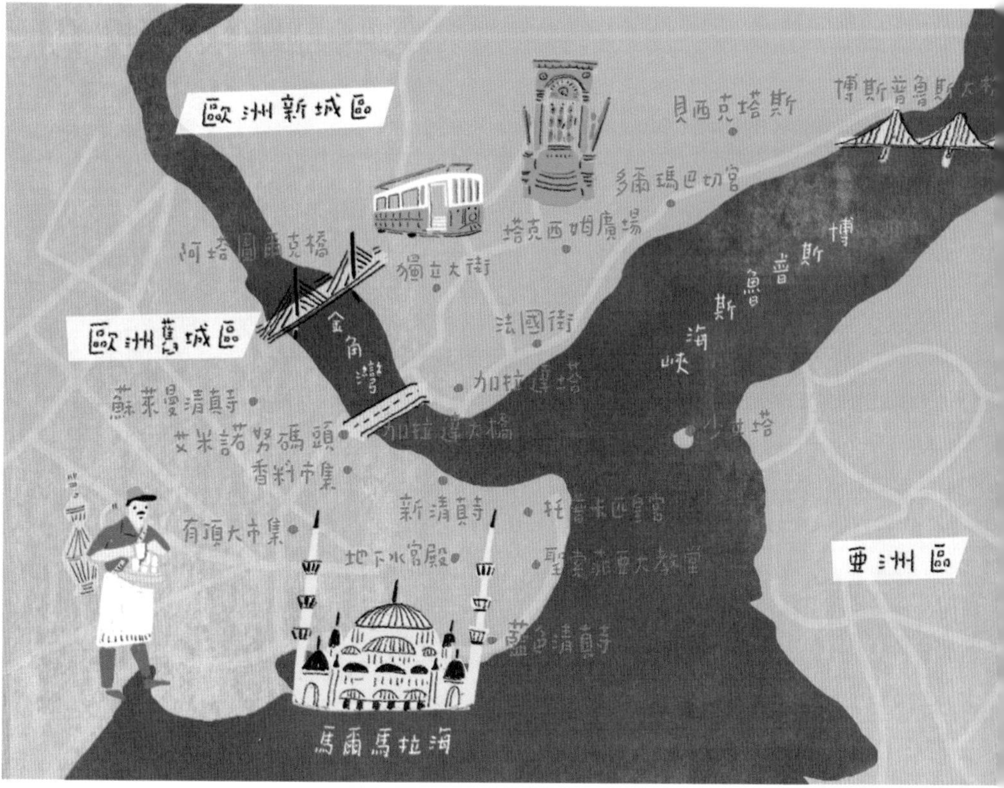

伊斯坦堡必玩景點

伊斯坦堡的面積約五四六一平方公里。不過在這麼小的土地上，卻處處遇得見古蹟。尤其是歐洲區塊的歷史景點特別多，亞洲區塊則比較平靜，空間較不擁擠，人口相對沒有那麼密集。靠近黑海的地區很舒服，風景優美。伊斯坦堡居民喜歡北部的空氣及其悠哉的生活步調，而且這裡的森林占地廣大。

大多的遊客會集中在歐洲區塊。除了歷史景點最多，飯店、交通、餐廳等也比較發達，當然消費就比較昂貴。但是千萬不要小看伊斯坦堡的亞洲區塊，這裡有很多值得看的風景與特別景點。有次我特地帶老婆去恰母利加（Çamlıca）的公園，從高聳的看台向下望真的很

海達爾帕夏車站

美。老婆第一次踏上亞洲塊的伊斯坦堡，她非常開心。還有另一個景點——海達爾帕夏車站。一九〇八年開始使用的車站，是伊斯坦堡最有名的歷史建築之一。

歐洲區塊的舊城區爲伊斯坦堡歷史景點最密集的地方，很多觀光客會選擇這塊的飯店。我個人推薦Armada Hotel，這家飯店的位置很好，而且服務不錯、價格合理。在飯店頂樓還可以一邊享用土耳其料理，一邊欣賞海景。徒步就能走到蘇丹艾哈邁德廣場，非常方便。

蘇丹艾哈邁德廣場

蘇丹艾哈邁德廣場是羅馬帝國時代的一個競技場。整個廣場充滿著歷史文化，著名的圖特摩斯三世方尖碑（Theodosius Dikilita）就在這裡。這是羅馬帝國皇帝狄奧多西大帝於西元三九〇年，從埃及運回伊斯坦堡的。附近有很多可以休息、吃飯的咖啡廳及餐廳。最有名的食物是蘇丹艾哈邁德牛肉丸（Sultan Ahmet Köftecisi）。整體美食品質及服務都不錯，只是價格偏高。

圖特摩斯三世方尖碑

聖索菲亞大教堂

聖索菲亞大教堂

另一邊就是傳說中的聖索菲亞大教堂。天氣好的時候，看起來像一顆紅色的珍珠，相當美麗。聖索菲亞教堂是一個世界遺產，從風格到造型都是獨一無二的。費時五年，很多歷史學家認爲它是世界數一數二的建築，不論就藝術或技術來講，都是一個傑作。

不僅外觀形狀特別，裡面的氣氛也很不一樣。聖索菲亞大教堂並不只是一般的古老建築，世界幾個偉大的帝國人民都曾在這裡敬拜。鄂圖曼帝國的軍隊征服了君士坦丁堡之後，不想破壞這個建築。於是他們用淡淡的石膏蓋住耶穌及象徵基督教的圖案，到現在都還保持得很好。裡面一邊是基督教文化，一邊是伊斯蘭教的阿拉伯字。兩個大宗教的融合，相當特別。

清真寺 *tips*：進去的時候要保持安靜，男生要穿長褲；女生要戴頭巾，不可以露出頭髮和腳，現場提供頭巾和長裙可借。

聖索菲亞大教堂內部

藍色清真寺 / 郭世宣 攝

藍色清真寺

另一個非常壯觀的建築——藍色清真寺（蘇丹艾哈邁德清真寺，土耳其文：Sultanahmet Camii），從西元一六〇九年蓋到一六一六年。土耳其名信片上一定看得到這個建築。清真寺前有很多可以拍照的地方。尤其從大門往裡面拍，可以抓到非常棒的角度。吸引很多專業攝影師前來取景。我女兒九個月大的時候，我們也專程來這裡拍照。

進去的人第一個反應都是看著正中央的天花板說：「到底這是真的還是假的！」

清真寺最迷人的地方就是內部的設計，屬於伊斯蘭教的獨特風格。整個天花板的圖案都是由藝術家一筆一筆畫出來的，每個細節都是藝術。牆壁、地板、窗戶等都將鄂圖曼帝國與伊斯蘭文化特色展現出來。清真寺的建築寬敞且通風，裡面還蠻

藍色清真寺內部／郭世宣 攝

涼快的，而且香香的。

觀光客參觀的時候，清真寺裡有一部分保留給真正伊斯蘭教徒。有時候觀光客會好奇的觀察伊斯蘭教徒的禮拜方式。對伊斯蘭教徒來說，每一個清真寺都是阿拉的家。

伊斯蘭教徒每天有五次的祈禱，這時候穆安津（Müezzin，也就是宣禮員，清真寺呼喚信徒禮拜的人物）會進行宣禮（Ezan），有點像歌，有一固定旋律。宣禮的意思是請伊斯蘭教徒進來清真寺裡面禮拜，走在路上也常會聽到。

托普卡匹皇宮寵妾中庭／
陳冠如 攝

托普卡匹皇宮大門

托普卡匹皇宮

逛完了藍色清真寺後，可以到附近鄂圖曼帝國的托普卡匹皇宮，以前是國王的住所。位置很好，對面可以看得到整個位於亞洲區塊的伊斯坦堡，天氣好的時候從皇宮的陽台可以拍到非常漂亮的照片。

想要認真瞭解鄂圖曼帝國文化的話，在皇宮裡面必須要花四至五小時以上的時間。而且不一定能進入每一個房間，因爲有時人很多，需要排隊。

皇宮裡保留傳統鄂圖曼帝國的建築風格。最有名的地方是後宮（Harem）。後宮總共有四百個房間。是蘇丹與家人的私人寓所，還有奴隸們也在這裡生活，這些奴隸多來自非洲或其他國家。當時鄂圖曼帝國規定，這些奴隸在進宮之前，必須先閹割。後宮的管理由太后一手掌管，在這個神

托普卡匹皇宮帝王殿 / 陳冠如 攝

秘的空間太后擁有很大的權力，甚至還可以影響到整個帝國的政策。想知道更多當時的故事和歷史的話，一定要進去後宮走一走。

除了後宮之外，御膳房也很值得參觀。在這個空間，可以更瞭解鄂圖曼帝國的飲食文化。當時每一位國王都很重吃，所以御膳房的存在相當重要。現在土耳其美食變成國際美食的原因，也是源自當時代國王們對飲食的挑剔。

皇宮還有最重要的一個房間——私室，是蘇丹辦公的地方。在這裡可以看伊斯蘭世界的神聖古董。有些古董曾在埃及，一五一七年國王塞利姆一世征服了埃及，把很多古董搬回伊斯坦堡。這當中最有名的是伊斯蘭教先知穆罕默德的鬍鬚、腳印、牙齒等。

離開皇宮之前，記得要到帝國寶庫欣賞世界最有

倒放的梅杜莎

名的鑽石之一——湯匙小販鑽石 Kaşıkçı Elması。這顆八十六克拉的鑽石相當神秘。傳說，它是從印度來到鄂圖曼帝國。又有一說是曾經有個漁夫無意發現了這顆鑽石，以爲只是顆會發亮的石頭，在市集上以三根湯匙換給湯匙小販。我記得第一次看到這顆鑽石的時候我才十二、三歲。那天我和同學們一直聊鑽石的故事聊到深夜。

地下水宮殿

蘇丹艾哈邁德廣場另一個著名的景點。這裡是伊斯坦堡最大的蓄水池，於六世紀時蓋的，也是當時伊斯坦堡居民日常飲用水的主要來源。宮殿裡有三百六十六根石柱，其中有兩個梅杜莎面貌的石柱，最奇妙的是一個梅杜莎頭顱側倒，另一個則是完全倒過來。這兩座底座來源不明。

地下水宮殿

在希臘神話裡，梅杜莎是戈爾貢（Gorgon）三姐妹之一，是可怕的女妖，擁有把看她眼睛的人變成石頭的能力。因此戈爾貢的雕像常被用來保護重要建築。另一個傳說爲梅杜莎是擁有黑眼長髮的漂亮女孩，並與宙斯的兒子波爾修斯戀愛。雅典娜也喜歡波爾修斯，所以忌妒梅杜莎，因此將她的頭髮變成蛇，咒詛之後凡是看到梅杜莎眼睛的人皆會變成石頭。結果波爾修斯覬覦梅杜莎的能力而砍下她的頭，利用此能力對付他的敵人。還有一說是，梅杜莎在鏡子中看到自己，反把自己變成了石頭。

拜占庭文化中，梅杜莎的頭被當作裝飾，倒著放避免人們看到她，導致變成石頭。

有頂大市集 /Wei Pan 攝

藍色避邪眼

有頂大市集

廣場附近逛完後，可以直接搭電車到貝亞梓特（Beyazıt）。這裡有世界最大、最古老的市集之一：有頂大市集。市集於一四六〇年建製，但是有的歷史學家認爲，早在東羅馬時代這裡有一個小型市集，只是後來鄂圖曼帝國人在這裡蓋了一些新建築，慢慢變成現在的樣子。

據說一年來這裡逛的人數超過九千萬人！有頂大市集有很多個入口，裡面有點像迷宮，總共約有四千家店。著名的好萊塢電影《007：空降危機》也曾在這裡取景。

在這裡可以買到各式各樣的東西，像是傳統藝術品、手工商品、地毯、服飾、黃金等。但是這裡的價格不是太便宜，大的東西可以殺到七折、八折價左右。不過是個挖寶的好地方。尤其是很多

有頂大市集門口

香料市集

藍眼睛作成的鑰匙圈、耳環、項鍊等裝飾品。藍眼睛（nazar boncuğu）對土耳其人來說有避邪的功能，可以保護我們，幾乎每一個人家中都看得到藍眼睛。土耳其人也常把它當成禮物送給客人，特別是新生兒。

香料市集

香料市集在艾米諾努區域一個古老的建築裡面。搭市區電車很容易就可以到達。一些人叫這裡埃及市場，因爲當時建築資金來自鄂圖曼帝國管理的埃及省。

蓋於一六六〇年，與伊斯坦堡的其他建築一樣，充滿著歷史氣息。進入市集之前會先經過一條巷子。這條巷子上有很多店家賣傳統土耳其農產品，包含起司、肉、花生、咖啡等。店員各個奮力叫賣，尤其假日時人山人海。

一邊主持一邊享受烤魚三明治

越靠近香料市集，香料味撲鼻而來。我每次去伊斯坦堡，一定會去逛，裡面很多高級香料及食物。還有琳瑯滿目的軟糖、花茶、水果茶、橄欖皂、堅果、果乾等。

我老婆最愛這裡的天然水果茶，尤其是蘋果茶非常有名。很多旅遊節目都會來這拍攝。像是聯合國高峰會一樣，除了各國的觀光客，很多店員也是來自不同國家。現場可以試吃傳統土耳其食物，尤其是軟糖一定要先試吃再買。

艾米諾努碼頭

逛完香料市集後，可以直接到對面的艾米諾努碼頭吃海鮮。這裡的烤魚三明治（Balık Ekmek）很有名。尤其午餐時間人特別多，所有的魚都是碼頭旁的船上現烤的，一大排 BBQ 的場面挺有

芝麻圈麵包

土耳其泡菜汁

趣的，現烤現吃。還可以一邊欣賞海景，超級享受。飲料我推薦給大家是優酪乳（Ayran）和土耳其泡菜汁（Şalgam）。一開始會覺得味道很怪，但值得品嚐看看。

艾米諾努碼頭是伊斯坦堡最熱鬧的碼頭，可以搭船，有的只是交通船，有的是專門的觀光船。幾乎每三十分鐘有一班。航程較短的，差不多一個小時內完成；較長的會帶大家去逛兩個多小時。

甲板有位子可以坐。冬天的話比較冷，但夏天這裡是欣賞海峽的絕佳位置。從海上的角度看伊斯坦堡又是另一種特別的體驗。海峽的浪不是很大，基本上不太容易暈船。一邊欣賞風景一邊可以吃土耳其傳統的芝麻圈麵包（Simit），記得要搭配紅茶。海鷗有時會被吃麵包的人吸引，想要偷吃幾口，餵海鷗的同時要小心不要掉下去海裡喔！

少女塔

少女塔

這個航程當中，可以看得到海峽兩岸很多老建築。往海峽南邊看，會看到伊斯坦堡的地標之一——少女塔（Kız Kulesi）。

這座塔是西元前四百年由希臘人蓋的，當時的用途可能是海關。到了東羅馬時代，這裡正式蓋了另一座塔，所以少女塔的用途僅是檢查海峽的保安與控制海峽貿易。當時從歐洲區塊到這裡拉了一條鐵鍊控制海峽的交通，不過由於鐵鍊很重，少女塔負重過大，傾倒入海裡，現在看到的少女塔是後來重新蓋的。

少女塔有很多傳說，其中之一是：塞爾柱王朝時的一個蘇丹做夢，在夢裡他看到女兒被毒蛇咬死。早上起床後很害怕，馬上下令把女兒放入這個塔裡，而且不讓任何人進去看她。有一天蘇丹的女兒生病，很多人送上禮物，當中有一盒蘋果，這盒蘋果裡有一條毒蛇，沒人發現，結果蘇丹

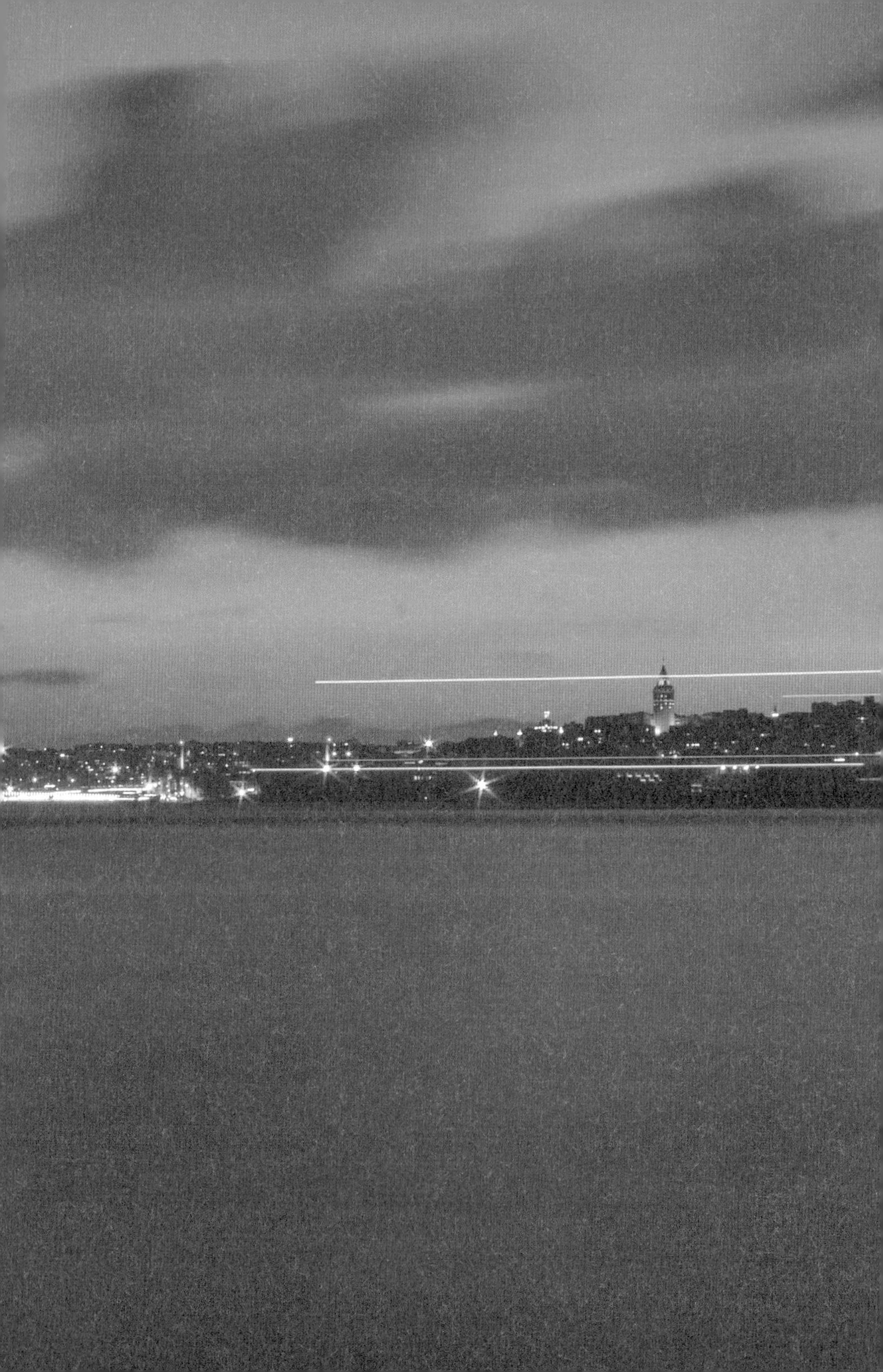

夜晚的少女塔

加拉塔大橋上的釣客 / Samson Vowles 攝

的女兒最終還是被毒蛇咬死。

今日的少女塔是一間很有氣氛的餐廳，想要去的人可以從 Kabata 碼頭或亞洲區塊的 Üsküdar/Salacak 搭船過去。

新清真寺

在艾米諾努不只可以搭船出海玩，還可以去看其他古蹟。新清真寺（Yeni Cami）就是其中之一，這個漂亮的清真寺於一六六五年正式開幕。從香料市集出來後在右手邊，看起來很壯觀，很多鴿子會聚集在清真寺前廣場。想要餵鴿子，可以向廣場的老人家買一些飼料。星期五是伊斯蘭教徒的聖日，每到這天中午，會有很多人在這裡禮拜。

加拉塔大橋

可以從新清真寺看到伊斯坦堡最有名的加拉塔大橋。這座大橋在歷史上是金角灣的第五條橋，於一九九四年完成。全長四百九十公尺，橋墩中

從舊城區望向新城區的加拉達塔

央可以打開讓船隻通行。兩旁有人行道，幾乎每天都會有人在橋上釣魚。大家一起把釣竿舉起來的畫面非常壯觀。也是專業攝影師常來捕抓畫面的地點。橋下有很多海產店，可以吃到新鮮的海產。

艾米諾努是伊斯坦堡的市中心之一，很多交通工具的第一站也是從這裡開始。從這裡可以搭電車到伊斯坦堡的其他觀光地區，非常方便。附近有卡拉柯伊碼頭和加拉達塔。

加拉達塔

加拉達塔由東羅馬人於西元五二八年興建。當時蓋的原因是用作燈塔。鄂圖曼帝國時代，則作爲消防塔。現在已經被聯合國認定爲世界遺產。高度約有七十公尺高的加拉達塔，從上面看台高點可以俯瞰三百六十度的伊斯坦堡，也可以看得到

塔克西姆廣場

夜晚的加拉達塔

金角灣。很多電影也曾來這裡取景。

傳說，鄂圖曼帝國時代有一位年輕科學家Hezârfen Ahmed Çelebi（1609-1640），穿著自己設計的木頭翅膀從加拉達塔看台上往下跳，成功地飛到伊斯坦堡的亞洲區塊。

塔裡有一家咖啡廳，可以喝茶休息、吃點心。一樓還有一個小小的照相館，提供鄂圖曼帝國傳統服飾拍照。我也和老婆、女兒在這裡拍過照片，很棒的回憶。

加拉達塔附近有很多巷子和老建築可以看，尤其是法國街最有名。這條街上有許多漂亮的歐式咖啡廳。很多年輕人常來這裡過浪漫時光。

塔克西姆廣場

從加拉達塔可以走到有名的塔克西姆廣場（Taksim Meydanı）。最有名的是獨立大街（İstiklâl Caddesi）。這裡是伊斯坦堡人潮最多的逛街地點。聚集許多街頭藝人，也有很多古老房子，還有一些大使館。

這條街最有名的是復古電車，紅白造型很搶眼。也是伊斯坦堡明信片上必出現的圖片。

有名的美食是「濕漢堡」（Islak Burger）。大街入口有很多店在賣，好吃又便宜。

貝西克塔斯

比較高級舒適的逛街區域，我推薦貝西克塔斯（Beşiktaş）。這個區域距離塔克西姆廣場不遠。

穿梭在街道的復古電車 /Gabriel Garcia Marengo 攝

濕漢堡攤販 /Ozan Safak 攝

環境整理的很好，逛起街來很舒服，屬於伊斯坦堡的高級區域。消費雖然偏高，但是服務及環境品質也相對較好。一座由鄂圖曼帝國宮殿改建的飯店徹拉安宮（Çırağan Sarayı），和鄂圖曼帝國最有名的建築之一多爾瑪巴切宮（Dolmabahçe Sarayı）都在這裡。

伊斯坦堡有名的觀光區域奧爾塔柯伊（Ortaköy）也是貝西克塔斯的一部分。這裡的地標是奧爾塔柯伊清真寺，是世界地理位置最好的建築之一。剛好在海峽旁邊，可以看得到整個亞洲區塊。

來到奧爾塔柯伊記得要吃著名的烤馬鈴薯Kumpir。廚師把烤過的馬鈴薯切開，放入奶油、起司、生菜等，最後加上番茄醬跟美乃茲。吃起來口感很豐富，非常美味。

貝西克塔斯週邊行程

喜歡看足球的話，可以去看二〇一七年土耳其足球聯盟冠軍足球隊貝西克塔斯（Besiktaş）的比賽。他們的足球場沃達丰競技場（Vodafone Park）就在這裡。很多球評覺得這個足球場是世界最美的足球場之一。

全家人一起搭船

點一杯土耳其紅茶享受海峽美景

可以容納近五萬人觀看比賽，想要感受熱血的足球氣氛的話，可以來這裡。

如果還有時間，可以直接去隔壁的貝貝克（Bebek）。這裡有風格設計很棒的咖啡廳。有的剛好在海邊。一邊喝咖啡，一邊欣賞海景是這裡最大的賣點。

繼續往北走，可以到薩勒耶爾（Sarıyer），是伊斯坦堡最平靜的地方之一。有著名的建築物——如梅利堡壘（Rumelihisarı）。這個建築是鄂圖曼帝國時代留下來的，城堡一開始是爲了保護伊斯坦堡海峽的另一側而蓋。現在每年會在這裡舉辦多場演唱會。從上面一樣可以眺望漂亮的海峽。

有孩子的人不用擔心在伊斯坦堡找不到適合小孩的地方。土耳其的小人國樂園「MİNİATÜRK」是一個很適合帶孩子玩的迷你模型公園。可以看得到土耳其著名建築與景點的模型。

夕陽輝映的伊斯坦堡海峽與卡拉柯伊區

伊斯坦堡的美景和歷史特色真的寫不完。難怪，很多作家都爲伊斯坦堡寫詩或寫書。諾貝爾文學獎的土耳其作家奧罕・帕慕克（Orhan Pamuk），還有土耳其知名作家 Bedri Rahmi Eyüboğlu 都曾在他們的作品裡提到伊斯坦堡這座美麗的城市。

說到伊斯坦堡立刻想到了海鷗
一半是銀的，一半是泡泡
一半是魚，一半是鳥
說到伊斯坦堡立刻想到神話故事
一下子存在，一下子都不在

——節錄自 *Bedri Rahmi Eyüboğlu*《*İstanbul Destanı*》

伊斯坦堡像一位美女，有時候害羞，有時候單純。如果真的想要認識她的話必須要先打開你的心，願意接受她的多元。過了一段時間之後，你就會變成這個城市的一部分。

★土耳其的白雪公主：棉堡

Pamukkale

愛琴海地區另外一個著名的景點是棉堡。這裡也是觀光客必去的國際景點，於一九八八年正式被聯合國列爲世界遺產。位於土耳其西南代尼茲利省境內。

白色城堡

雪一般的白色地形和悠久的歷史是棉堡的最大特色。從遠處看，像一座巨大的白色城堡，所以土耳其人稱這裡爲「Pamuk（棉花）Kale（城堡）」。

棉堡地形的形成，源自於含鈣的溫泉水在流動的過程

特殊石灰岩層的白色城堡／薛嘉寧 攝

中，冷卻沉積而成的石灰岩層。泉水中沉澱的礦物質，把整個山坡染成了白色。我小時候看過一部紀錄片，影片中有一個人把鐵做的瓶子放在泉水裡面，過了一段時間，鐵瓶漸漸變成白色，真的很特別。

泉水中富有碳酸鹽、鈣、鈉、鎂，可浸泡或飲用，據說對坐骨神經、婦科、神經系統、泌尿器官等有一定的療效。古時候棉堡是一個醫療中心，許多生病的人前來這裡尋找適合自己的醫療方式。

古希臘、羅馬古蹟

大部分的人對棉堡的印象，就是白色畫面和溫泉，但這裡除了這些獨特地形

羅馬古劇場／薛嘉寧 攝

古希臘流下的殘柱及石棺／薛嘉寧 攝

外，還有古希臘和羅馬帝國留下來的許多古蹟。

西元前兩百年，古希臘人在這地區建立一座城市——希拉波利斯（Hierapolis），爲「聖城」的意思。曾經耶穌的使徒腓力在這裡殉道，所以很多基督徒認爲這裡的溫泉是聖神的。

到了西元六〇年，發生了一場大地震，震壞了很多建築。後來羅馬帝國重新整建，現在看到的建築，大部分都是來自這個時代。棉堡剛好位處斷層上，所以發生地震的機率比較高。但也是因爲這樣，才能有豐富的溫泉和這個特殊地形。

在古城裡可以看得到很多建築，包含水道、橋樑、教堂、羅馬浴跟古劇場。古城的入口也可以看得到梅杜莎像，是一種避邪方式。在古劇場，以前常常進行野生動物與戰士鬥力的比賽。舞台可以容納近一萬人（當年希拉波利斯人口爲約九至十萬人），舞台和觀眾中間還有隔一道牆，以保護觀眾不被動物吃掉。這種表演聽起來很可怕吧？

另外一個有趣的資訊是，羅馬浴場都是蓋在城市外圍，爲的讓外面來的人可以先洗澡再進城。看起來那個時候的人還挺重視衛生及城市環境。

為了保護天然地質，參觀棉堡一定要打赤腳

旅遊資訊

我當導遊的時候，帶奧地利的團來這裡玩，與大部份的觀光客一樣，對眼前一大片白色的地形深深著迷。本來會以爲這些大石頭應該很滑，但其實沒有，而且溫泉水雖有從攝氏三十五度至一百度的變化，但天然水池中的水並不是很熱，踩在上面很舒服。在某一個古代水池裡游泳時，還可以看得到羅馬帝國存留下來的柱子。很多旅遊廣告都用這個畫面吸引遊客。

棉堡周邊有很多可以玩的小鎮，最有名的是紅泉（Karahayıt），離棉堡只有五公里。我覺得在棉堡及周邊小鎮，可以安排二至三天的行程。

★走進鄂圖曼建築的時光迴廊：番紅花城 Safranbolu

傳統鄂圖曼式建築

在土耳其有很多鄂圖曼帝國留下來的傳統房子，但是沒有一個地方能夠與番紅花城相比。在這個小小的城鎮裡，看得到接近兩千個老房子，另外還有許多特色建築，包含博物館、清真寺、噴泉、墓園、土耳其浴、鐘塔等等。這些傳統風貌的建築，都被保留的很完整。

鄂圖曼式建築

在番紅花城裡面散步，好像回到一八〇〇年代的土耳其。特別是日本觀光客非常喜歡這裡，旅行中常會遇到日本人站在老建築前面取景拍照。

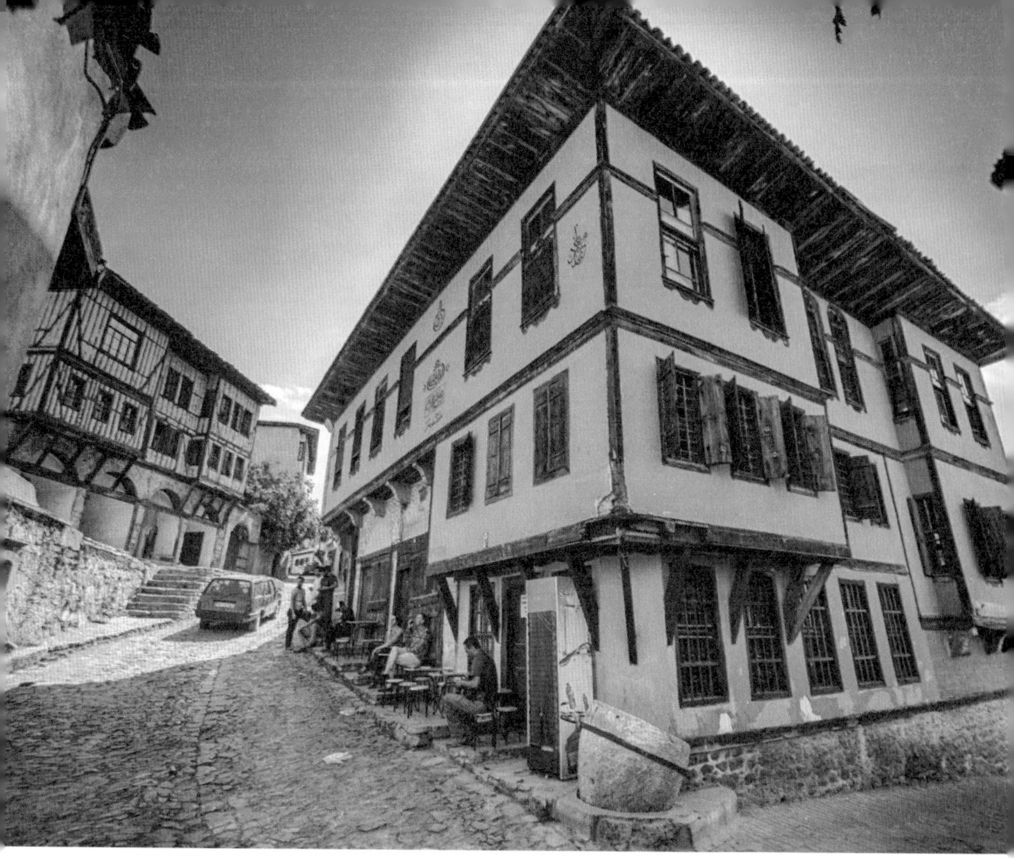

於十八、十九世紀蓋的這些建築，大部分都是二至三層木造結構。上面樓層突出於下層，並且有雕刻的支架作爲支撐。房屋用木材框架作爲基底再填充土磚，最後塗上灰泥及稻草的混合物，外牆刷上灰泥或石灰，最後以木頭裝飾。內部大約有十至十二間房間，男女有不同的住所，通常有嵌入式的壁龕和櫥櫃，以及精美的石灰壁爐。較大的房子有室內水池，主要是利用流水來調降室內溫度。

大部分的房子都有一個中庭。曾經在這裡住的都是一大家庭。房子在設計的時候，都有考量到陽光的方向，沒有一個房子會擋到其他房子的陽光。可見當時的社會是尊重他人的生活環境。

琳瑯滿目的街頭市集

番紅花城的轉變

西元前三千年，在這裡就開始出現人類的發展。城鎮名稱源自於番紅花以及希臘文「Polis」（城邦）。塞爾柱王朝之前，這裡是屬於東羅馬帝國。當時居住在番紅花城的人有希臘跟羅馬人。一一九六年塞爾柱王朝征服了這裡後，番紅花城也受到伊斯蘭教的影響。一三九二年鄂圖曼帝國把這裡納入自己的土地，接下來的日子，土耳其人對番紅花城的影響越來越大。

鄂圖曼帝國時代番紅花城在經濟方面得到更多的投資，變成重要的貿易路線。當時很多生意人在前往其他城鎮的路上，會在這停留過夜，接連蓋了許多新建築，讓番紅花城越來越繁榮。也因此這裡的住宿很方便，有很多傳統風格的民宿。

製作傳統的阿姨

銅匠手工藝術

菠菜口味的蔥油餅

傳統玉米乾

特色店家

除了老建築，還有許多古董店及傳統手工藝術品老店。這裡的手工藝品獨一無二，雕刻、鐵製品、銅藝術等都是鄂圖曼帝國時代留下來的。可以親眼看到藝術家工作讓人很興奮。

在番紅花城一定要品嚐土耳其傳統軟糖，很多土耳其人認爲這裡的軟糖是最好吃的。另外，這裡是土耳其唯一一個生產番紅花的地方。番紅花是世界最珍貴的香料，一公克要價八至十美金。這裡的傳統土耳其蔥油餅（Gözleme）也非常有名，全手工，便宜又好吃。

旅遊資訊

一年當中四月至十一月都很適合前往番紅花城觀光。天氣於十一月後開始變冷，有時候甚至會下

番紅花城的傳統建築

雪。番紅花城的交通還算方便，離伊斯坦堡有四百多公里距離，離首都安卡拉約兩百公里。大城市的車站都會有巴士直達番紅花城。番紅花城是屬於卡拉比克城的小鎮，或也可以搭車到了卡拉比克後再轉搭小巴士，約十分鐘內可以到達。

番紅花城附近還有很多森林及生態豐富的景點。尤其是托卡特峽谷相當迷人，大約七公里距離，有非常壯觀的水道橋，值得一看。

神話故事裡的神地：以弗所 Efes

位於官邸廣場的伊茲密爾鐘樓／郭世宣 攝

愛琴海的海岸線共有二八〇五公里長（不包含島嶼），到處都撞得見歷史古蹟。這裡也孕育出許多神話故事和傳說，像是阿佛洛狄忒、阿提密絲、宙斯等諸神都出生在愛琴海地區。

以弗所位於土耳其西部，相信很多亞洲人也聽過這個地方。以弗所離著名的愛琴海城市—伊茲密爾車程約一個多小時。以弗所古城位於塞爾丘克（Selçuk）小鎮境內。因爲觀光很發達，所以交通也很方便。大部分的土耳其觀光客都自己開車過來拜訪這個景點。

伊茲密爾

很多國內觀光客會先到伊茲密爾玩幾天，再去以弗所，沿途可以欣賞愛琴海美景。外國觀光客因爲時間比較短，較常會跳過伊茲密爾，有點可惜。

一九九七年夏天，我在遊輪實習的時候，幾乎每個星期都來伊茲密爾待兩天。雖然已經過了很多年，但我還是很想念這個漂亮的城市。

如果時間夠的話，我建議各位，記得留幾天給伊茲密爾。在海邊可以散步、欣賞港口的風景，一定要吃有名的淡菜跟Yengen（一種在地吐司）。另外，伊茲密爾是土耳其獨立戰爭的最後一站。一九二二年九月九日，希臘軍隊從伊茲

伊茲密爾共和國之樹紀念碑 / 郭世宣 攝

密爾離開土耳其，有的軍人直接在港口跳海。所以，伊茲密爾對土耳其的歷史來說，是一個很重要的地方。

以弗所

結束伊茲密爾行程後，可以出發到塞爾丘克小鎮，參觀世界有名的古城——以弗所。從一個現代的城市直接到以弗所會讓人有點驚訝。整個古城壯觀又神秘。雖然城內有的建築已經不是很完整，但還是保持著它的靈魂。以弗所就像是土耳其面積最大的露天博物館，是最珍貴的歷史景點。二〇一五年被聯合國教育科學與文化組織認定爲世界遺產。每年有好幾十萬個人來觀光。其中包含許多國際巨星和不同國家的領導人。

以弗所地區的歷史相當的悠久，可追朔到西元前八六〇〇年。不過當時只是人類開始在以弗所出現，還不算是個城市。

有一傳說：西元前一千年時，雅典國王的孩子安得羅克洛（Androklos）

爲了建立一個新的城市而出海。他們越過愛琴海的小島之後，到了一個很美的港口。這個港口被漂亮的森林跟小山群圍繞，中間有一條河。他們覺得這裡很適合建立一個新城市，但是首先必須要問神：可以不可以？神說：魚要會跳，豬要跑掉！然後你就可以建立一個城市。

某天，安得羅克洛和他朋友炸魚時，油突然爆噴，鍋裡面的魚跳到外面！旁邊的乾草著火燒起，草堆裡的豬突然衝出來亂跑。

最後安得羅克洛一直追趕豬到一個廣大空地上，然後把豬殺掉。最終，當時神說的預言就實現在這塊土地上。他們就在這個地方建立了一個叫「以弗所」的新城市。

以弗所的興起與沒落

大約西元前一千年時，以弗所開始發展，此時正是古希臘時代。因爲以弗所獨特的地理位置，並自擁一大港口，很快便成了愛琴海區最繁榮的城市。這時候以弗所人口已經有二十萬人。

貿易發展讓這個城市越來越富裕，也因此引來很多人搶奪。西臺帝國、愛奧尼亞、呂迪亞人、波斯人、斯巴達人、羅馬帝國、阿拉伯人等都攻擊過以弗所，讓整個城市受到不少傷害。歷史上，以弗所共在四個不同的地點重新建城。

以弗所最繁榮的時期是亞歷山大時代。後來以弗所慢慢被羅馬帝國統治。雖然一開始古希臘人建立這個城市，但是現在看得到的很

羅馬競技場／薛嘉寧 攝

多建築來自羅馬帝國時代。

除了戰爭之外，大自然也影響了以弗所。因爲港口建立的關係，這裡享有許多資源，但過了幾百年後河流帶來大量的泥巴塞住港口。慢慢的以弗所離海越來越遠，失去了原本交通便利的優勢，衰退爲沒落的城市。

以弗所的歷史古蹟

一八六三年，英國人在以弗所開始進行考古研究，挖掘出許多建築跟工藝品。考古挖掘工作，一直持續至今日。歷經一五〇年的努力，現在可以在以弗所欣賞到很多歷史古蹟和文物。

羅馬競技場

以弗所面積廣闊，許多壯觀建築中，其一最有名的

塞爾蘇斯圖書館

塞爾蘇斯圖書館

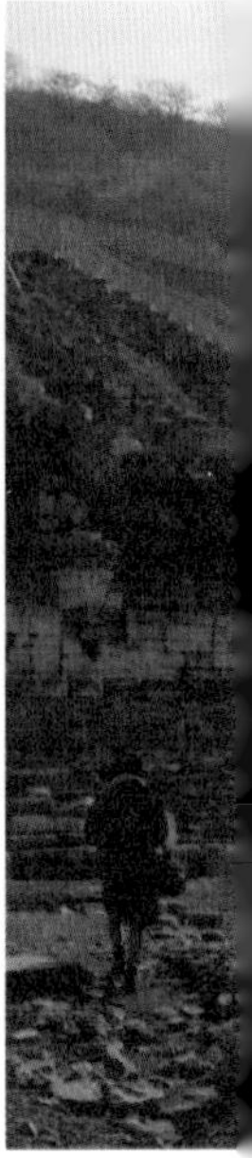

就是羅馬競技場，興建於西元二〇〇年，競技場總共有三層，可容納二萬五千人一起看表演。親眼看到這個壯觀建築，一定會問：到底那個時候的人爲什麼這麼厲害？幾千年前這裡就出現很多喜劇作品，另外也有很多勇士在這競賽中犧牲。

塞爾蘇斯圖書館

另外一個讓人驚訝的建築是塞爾蘇斯圖書館（Celsus Kütüphanesi）。這個建築於西元一三五年興建，可以說是土耳其最有名的地標之一。幾乎每個紀錄片或觀光局的廣告都會看到這裡的照片。亞洲人也許比較少聽過這個地方，但是幾乎每一個西方人都知道以弗所。

跟古城一樣，這個圖書館也遭遇許多意外。西元二六〇年歷經火燒，再重新蓋成。而大家現在看

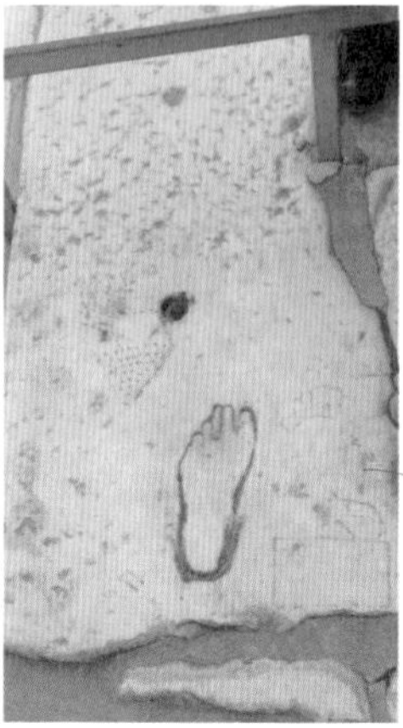

妓院廣告，腳若沒有達到腳印大小表示未成年 / 陳冠如 攝

到的圖書館是一九七〇年又重新整理過的。

圖書館前方立有四個女性雕像，雕像分別著有文字：科學、命運、明智與美德。

圖書館秘道

聽過一個趣聞：從前圖書館裡面有一個秘密隧道，這個隧道直接連到對面的妓院。當時一些男人偷偷走這個隧道去對面的妓院玩，這些男人幾乎都是當時的名人或者政治人物。

現在也可以看得到妓院。這個妓院是世界上第一個自己打廣告的地方：塞爾蘇斯圖書館對面有個大理石，上面可見一個腳印、女生、愛心跟箭頭。傳說，這個廣告告訴大家妓院最漂亮的女生在哪裡，有點像是古老的導航功能。

尼刻（Nike）古希臘神話中的勝利女神像

按照一些歷史家的解釋，這個廣告的意思是：轉彎看到左邊的房子就是我等你的地方。廣告設計裡面還有銅板，意思是只有有錢的人能找得到愛情。

據說以前很多船長跟軍人來這裡玩，妓女們讓他們喝醉，向他們探聽很多秘密再報告給以弗所的長官。妓院雖然不大，卻充滿有趣的歷史故事。

其他古建築

以弗所還有一個建築爲古代世界七大奇蹟之一，就是阿耳忒彌斯神廟。可惜的是，現在只留下一大理石的圓柱跟一些小石頭。這個神廟是西元前五五〇年建成，以前整個神廟有一二七根大理石圓柱，長度一一五公尺，寬度五十五公尺，非常壯觀。在以弗所最繁榮的時候，神廟吸引很多藝術家前來創作。

港口大道 / 郭世宣 攝

以弗所還有許多有名的建築，像是哈德良神廟、聖約翰教堂、長五百公尺的港口大道（liman caddesi）、伊沙貝清真寺（Isa Bey Camii）等等。附近還可以去拜訪聖母瑪利亞的教堂，這個景點在基督徒世界還挺有名的。每年很多虔誠的基督徒來此朝聖。傳說，聖母瑪利亞逝世前來這裡住過一段時間。

如果時間允許，還可以去看以弗所的考古博物館。這裡的很多的出土物都是獨一無二的，像是阿耳忒彌斯的雕像、希臘神話中的生殖之神—普里阿普斯（Priapus）雕像（它也常出現在土耳其的明信片裡），都是世界聞名的。雖然博物館不是很大，卻保存了接近八千年的歷史。

沒有頭的希臘神話中的海克力斯像

聖母瑪利亞像

旅遊資訊

以弗所有太多地方值得參觀，若有機會來這裡，一定至少要安排一整天的時間，而且去之前一定要多做一些歷史功課。以弗所夏天很熱，有時候天氣接近四十度，四、五月或九到十一月比較舒服。

我們常常用土耳其一句話形容以弗所：「Anlatılmaz yaşanır」，意思就是沒有辦法解釋，只能親自體驗才能明白。以弗所就是這種地方。

我相信，你們一定會對以弗所一見鍾情。

薛嘉寧 攝

地中海的珍珠：安塔利亞 Antalya

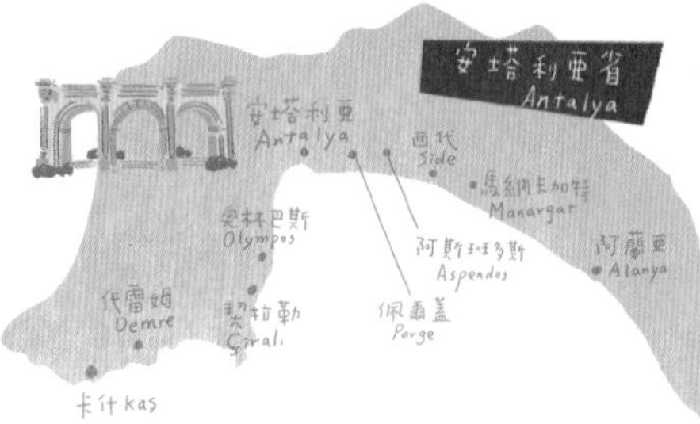

傳說，帕加馬國王阿塔羅斯二世（Attalus II）下令他的軍隊去找地球上的天堂。他們走了很久之後，到了安塔利亞，發現這裡很漂亮，土壤肥沃、地理位置極佳。軍人們立刻回報阿塔羅斯二世說：「我們找到地球上的天堂了！」所以阿塔羅斯二世就決定把新城市建立在這個地方，稱它做阿塔雷亞（Attaleia）。

除了這個名字之外，安塔利亞曾被取名為 Attalia、Atalla、Sattalla、Atale、Ataliyye、Etaliyye、Adalin、Adalya。到了土耳其共和國時期，名字才變成現在的安塔利亞 Antalya。

卡列奇沙灘

眾多勢力統治之地

安塔利亞被不同民族和王國統治過，包含呂底亞人、波斯人、馬其頓王國、阿塔羅斯王國、羅馬帝國等等。

其實整個愛琴海跟地中海的古城幾乎都經歷過一樣的歷史。每當一個城市發展起來後，就會被其他帝國的軍隊攻擊。安塔利亞特別在於，它一直都沒有失去過自己的重要性。有的古城曾經很有名、很繁榮，但經過了許多戰爭後，慢慢就被人民放棄了，只留下部分的歷史蹤跡。不過，安塔利亞直到現在仍然吸引全世界的觀光客前來。

西元四千年前，安塔利亞地區有個別名：龐非利亞（Pamphylia），意思是

安塔利亞西部的卡爾坎小鎮沙灘

住在一起的不同民族。

歷史最有名的將領之一——亞歷山大大帝也被這裡吸引，他的軍隊行經安塔利亞跟波斯人作戰。亞歷山大大帝來這裡時，阿塔雷亞（Attaleia）尚未建立，所以他征服安塔利亞東部的另一古城，佩爾格（Perge）。

希臘神話中提及，西元前一〇〇〇年—一二〇〇年，亞該亞人（是古希臘大陸上四個主要部族之一）也遷移到安塔利亞。到了西元前七十七年，安塔利亞被羅馬帝國征服。羅馬帝國時代蓋了很多新建築，西元三九五年後東羅馬繼續統治安塔利亞，直到一二〇七年。羅馬帝國統治時期是安塔利亞最出名的時候，羅馬人真的很善於規劃城市，當時很多建築現在都還看得到。

西元一二〇七年塞爾柱王朝征服了安塔利亞，城

市的建築跟文化開始受到伊斯蘭教徒文化的影響。從這個時後開始，出現新風格的建築，包含學校跟清真寺，接下來的發展已經被土耳其民族控制。西元一五〇二年後安塔利亞已經變成鄂圖曼帝國的一部分，成爲主要的港口城市。

一九三〇年土耳其共和國國父凱末爾第一次來到安塔利亞就說：安塔利亞是世界最美的城市。

旅遊資訊

二〇一四年我帶老婆到安塔利亞玩，她也著迷了。短短的五天她就愛上這裡。

如果可以從比較高的平台鳥瞰安塔利亞，就會明白爲什麼這麼多國王喜歡這裡。整個安塔利亞被托魯斯山脈包圍起來，前面有漂亮的地中海。一方面容易抵禦，一方面有海洋交通的優勢。天氣好的時候，陽光照在這片土地，看起來就像是一顆明亮的珍珠一樣。沙灘像黃金，山脈像鑽石做的項鍊。

安塔利亞的海岸線總共有六三〇公里長。從西到東，幾乎每一段都有不同的歷史蹤跡。若想玩遍整個安塔利亞，至少需要十五天。我個人覺得，安塔利亞最好玩的方式是租車，慢慢跟著地中海的海岸線探險。我想要把安塔利亞分成幾個部分來介紹給大家，這樣會更清楚瞭解歷史跟文化。

西部

安塔利亞西部古時候叫呂基亞（Likya）。居民爲呂基亞人。歷史家希羅多德說，呂基亞人來自克里特島。這個族群的歷史可回朔至西元前一五〇〇年，安塔利亞的西部還看得到當時的建築。

呂基亞時代留下來的石墓

據說，呂基亞人很重視自己的自由與公平。很多民族跟王國攻擊他們時，呂基亞人誓死抵抗。他們願意犧牲生命，也不想要失去自由。

西元前三三四年，亞歷山大把這個地區加入自己的王國領域。到了西元前一六七年，羅馬帝國讓呂基亞人重新獨立。不過這個地方也遭遇過地震，傷損嚴重。再加上海盜不斷地攻擊，讓呂基亞慢慢失去經濟能力，七世紀時阿拉伯人開始侵略呂基亞，這裡逐漸被遺棄。

景點

在這個地區最有名的小鎮是卡什（Kaş），菲尼凱（Finike）、代姆雷（Demre）跟凱梅爾（Kemer）。這四個小鎮都每年吸引不少觀光客。尤其是凱梅爾的五星級飯店世界聞名，很多連鎖大飯店也設點於此。

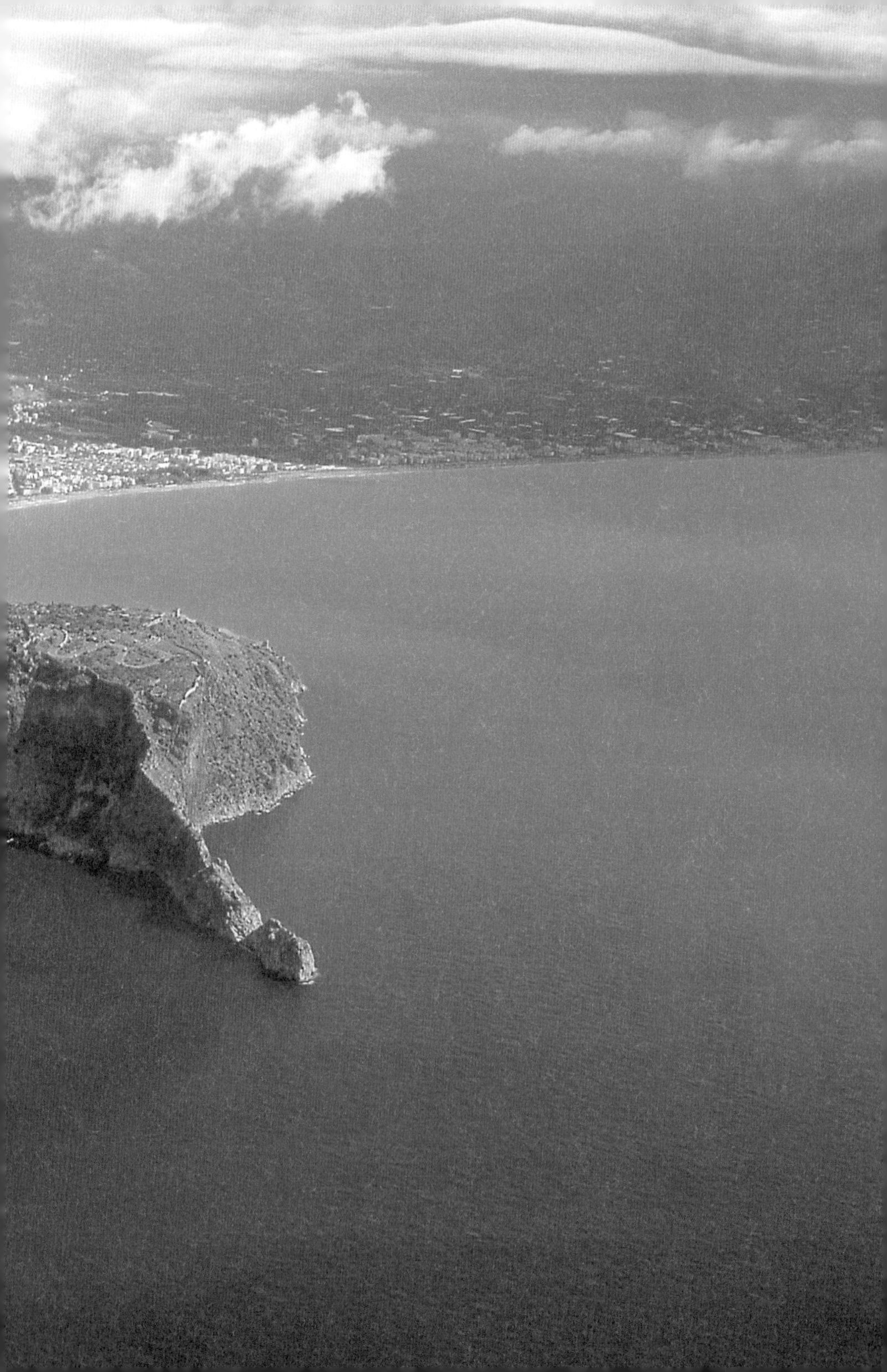

安塔利亞西部最大的特色是漂亮的山景與海景。必須先開一段很長的山路，且山路彎曲，要小心駕駛。這條路上常常會看得到很多小小的島嶼，大部分是無人島。想要探險這些小島的話，有些遊艇或者小船可抵達。

據說很久之前，海盜都躲在這些小島上，也把寶物藏在這，但是沒有人知道正確的位置。

奧林巴斯

安塔利亞西部的著名景點。奧林巴斯（Olympos）也是一個古城，這裡的名勝古蹟分布在海邊及山上，可以上山下海，一路遊玩。奧林巴斯地形迷人，在希臘神話故事裡面是諸神的家。

來到奧林巴斯可以先搭纜車，登上海拔二三六五公尺高的塔赫塔勒山（Tahtalı，神話故事裡稱此山爲神明的山）。這座山是歐洲臨海山中最高的山。天氣好時可從山上欣賞地中海跟西部的風景。搭十分鐘的纜車就可以抵達終點站。即便是炎熱的夏天，這裡也涼爽宜人。

奧林巴斯也是一個保護區，觀光客需注意此地的生態跟古蹟。赤蠵龜是這個地區最有名的海洋生物，屬一級保育類動物。有時候游泳或潛水的時候有機會遇到他們。

想要住在奧林巴斯的話，我建議去找樹屋型的民宿。Kadir's Tree House 是奧林巴斯最有名的民宿之一，提供參考。

瑟里斯

安塔利亞最有名的古城之一，瑟里斯（Phaselis）也在奧林巴斯地區。從塔赫塔勒山開車到瑟里斯只要十分鐘左右。這裡的沙灘很適合小朋友，不是很深，而且非常的乾淨。

契拉勒

另一個不可錯過的景點是在契拉勒（Çıralı）。契拉勒最大特色是噴火石頭（Burning rocks），噴火的原因是天然瓦斯。台灣墾丁也有類似的地方，但是契拉勒的規模更大。

而且這裡還有一個傳說：希臘神話中，英雄柏勒洛豐（Bellerophontes）騎一匹飛馬過來這裡殺噴火的怪物喀邁拉（Chimera）。據說現在大家看到的火是牠留下來的。想要親眼看到的話，必須要爬上一段路。

聖誕老人的家鄉

傳說中的聖誕老人也是安塔利亞人。在西部的代姆雷（Demre）小鎮有他的教堂。很多人聽到這個故事很驚訝，因爲大部分人聽到聖誕老人就想到北歐。

西元四世紀羅馬帝國時代，在代姆雷有一位聖人叫聖尼古拉斯。因爲他熱心助人也很照顧大家，加上個性很大方，所以受到很大的歡迎與支持。而他就是傳說中的聖誕老公公。

一開始只有安塔利亞地區的人認識聖尼古拉斯，後來他的名氣傳遍全歐洲。在歐洲很多新蓋的教堂以他的名字命名。他過世後，有很多人非常悲痛，把他當成一位英雄，將他葬在安塔利亞的聖尼古拉斯教堂裡。一〇八七年，他的遺體被義大利的商人偷走，搬至義大利的巴里。

契拉勒的噴火石頭

聖尼古拉斯像

其實大家所熟悉的聖誕老人是來自美國漫畫家湯瑪士．納斯特（Thomas Nast）創造的插畫人物，後來紅遍各地。而且斯堪迪納維亞也早有聖誕老人的傳說。因此，誰也沒有辦法證實真正的聖誕老人到底是哪裡人。

米拉古城

到代姆雷來，不可能不去米拉（Myra）。這個古城在呂基亞時代很有名。聖尼古拉斯教堂就在這個地區。教堂建築不是很大，但是基督徒帶到世界的影響真的很深遠。

古城最讓人驚訝的部分是，古劇場和世界聞名的岩窟陵墓。由於之前這裡靠海，所以曾經被海盜攻擊很多次。

米拉古劇場很壯觀，保留的很完整。劇場總共有接近一萬五千席座位。古時候的人在這裡欣賞許多精彩的表演。

米拉最有名的岩窟陵墓也剛好在古劇場旁邊。這些石墓都鑿建在山壁上，外型非常獨特，從遠方看起來像房子，直到近距離才會發現是石墓。很難想像那個時候的人，怎麼把一個這麼大的山壁鑿成如此壯觀的石墓！而且石墓上的細節與雕刻都很精緻。

據說，一八〇〇年代石墓上可以看得到藍色、紅色、黃色、紫色的色彩。但是現在只能依稀看見一點紅色及藍色。來這裡觀光就像是時光旅行一樣精彩。

到了羅馬帝國時代，米拉繼續蓋新建築。跟每一個被羅馬人統治過的古城一樣，羅馬人把這裡整理的也很不錯。

卡什小鎮

最後想要介紹給大家的景點，是卡什小鎮（Kaş），位於安塔利亞最西邊的觀光區。從安塔利亞到卡什大約車程三個多小時。

卡什最大的特色是大自然與歷史景點。對很多旅人來說，卡什這個地方一輩子一定要來一次。著名的凱考瓦島（Kekova）也在附近。很多人會參加當地的旅遊團「Blue Tour」，搭船玩遍附近的海岸線，包含凱考瓦島附近的小祕境。跟著旅遊團可以在許多非常漂亮的景色中探險，包含沉在海裡的古城與呂基亞時代留下來的石墓。

這裡的海岸線可能會成爲你一輩子看過最漂亮的海岸，尤其是到了兩個小島中的 akvaryum 區域的話，更是會嚇一跳，因爲這裡的海水非常的清澈，從船上可以看得到整片海底，難以想像的水質與

卡什小鎮的 Büyükçakıl 沙灘

美麗。

船在一些島停留，給客人跳水的活動時間，運氣好的話還會遇到赤蠵龜。

卡什另外一個推薦的玩法是溯溪。薩克利肯特峽谷（Saklikent）非常適合喜歡冒險的人，接近攝氏四十度的夏天，踩在冰涼的溪水當中，不管氣溫多高，這裡一樣涼快！有些人會把溪裡的泥土擦在身體上。據說，這裡的泥巴有保養皮膚的作用。炎熱夏天，這裡是度假首選，而且不需要花很大的體力。

我覺得光在卡什就可以停留三到四天的時間。而且熱門景點死海也離這裡不遠，約兩個小時車程可到。死海的景色會讓人覺得這裡不是地球，而是仙境！膽大的人還可以挑戰飛行傘，從兩千公尺的高空往下看，絕對令人大呼過癮！

卡列奇港口

安塔利亞市

安塔利亞是許多觀光客的第一站，大多歐洲城市都可以直飛安塔利亞。四、五月算是淡季，這時候的安塔利亞比較舒服，而且天氣也還沒有那麼炎熱。從六月開始到八月就是旅遊旺季了。夏天的安塔利亞天氣有時候超過攝氏四十度，到處都是人，非常熱鬧。幾乎都是想要享受熱鬧氣氛的年輕人。過了九月後天氣恢復正常的舒適溫度，也可以選擇這時候來玩，甚至十月來觀光還是可以游泳，只是海水稍涼。

卡列奇

在安塔利亞一定要做的第一件事就是去拜訪古城——卡列奇，土文爲 Kaleiçi，直譯的話是「城堡裡頭」的意思。

安塔利亞博物館—石棺

跳舞的女神像

哈德良之門

這裡是安塔利亞第一個發展的地方，可以說是古時候的市中心。有一個很美的遊艇港，古時候很多人住在港口附近，從遊艇港看上去就可以看得出來，整個古城被城牆圍起來，歷史遺跡與自然風景融合在一起。

可以參加當地旅遊團，從遊艇港可以搭船出海。來到這裡，一定要搭船出海，從海上看安塔利亞是一件很浪漫的事。

我跟老婆二〇一四年時來參加過一個旅遊團，老婆非常喜歡。我們從遊艇港開往安塔利亞的東部，在船上可以喝飲料、聽音樂，有些人則會隨音樂起舞。終點站是 Karpuz kaldıran 瀑布。這裡是安塔利亞最有名的自然公園之一，幾乎每艘船都會在瀑布前面停留，讓觀光客欣賞風景。瀑布與地中海面對面非常壯觀，絕對令人嘖嘖稱奇。

意普利喚拜塔

安塔利亞的古城裡面有許多小巷弄，觀光客最喜歡這裡的氣氛。有些地方是徒步區，可以一邊探索古城一邊逛街。紀念品店林立，想要買東西的話，可以稍微殺價。想買漂亮的地毯或者皮製的衣服，由於都是手工製作，價格也不便宜。

若想要住在接近歷史與美景的地方，可以選擇卡列奇的民宿。我們當年也是住在這個區域，前往各景點不需要另外花時間搭車，實在是太方便了。避開旺季，可以找到很多價格合理的民宿，但若非得夏天去的話，也不用太擔心，因爲除了卡列奇，安塔利亞各個地區都可以找到民宿，也有很多大飯店。城市裡的交通也很方便。

在卡列奇花半天時間大概就可以看完所有古蹟。這些古蹟中最有名的是意普利喚拜塔（Yivli Minare）。這個伊斯蘭教建築是十三世紀塞爾柱

王朝興建的，爲安塔利亞的地標、最有名的伊斯蘭教建築。

另外一個非常有名的建築是哈德良之門（Hadrianüs Kapısı）。這個建築是西元一三〇年爲了迎接羅馬帝國皇帝哈德良拜訪安塔利亞而蓋的。據說，這個大門來不及蓋完，曾經城門上方還有哈德良的雕像，但現在已不復見。城門造型與很多羅馬帝國古城看到的大門類似。現在哈德良之門的保存狀況的還算良好。卡列奇另一個著名建築凱錫克喚拜樓（Korkut camii）與鐘樓也在附近。

水上活動

來到安塔利亞當然不能不去游泳。最好的選擇是康亞爾迪海灘（Konyaaltı）。這個海灘總長六公里。自五月開始到十月都很適合游泳。這裡是一個國際景點，沙灘及海水都很乾淨，且得過國際標準的藍旗子認證。想要來一些刺激玩法的話，可以參加水上活動，我推薦帆傘運動，從空中可以欣賞地中海與安塔利亞。

較冷靜的玩法可以選擇安塔利亞水族館，是世界最大的水族館之一，裡面有世界最長的海底隧道。尤其是有孩子的家庭更適合前往，館裡有很多不同品種的海洋生物，全家一起探險海洋世界是一個很棒的行程。喜歡大自然的人，可以去庫爾順盧瀑布（Kurşunlu）及杜登瀑布（Düden）放鬆一下。

安塔利亞美食

最後想推薦給大家一間非常有名的土耳其傳統美食餐廳。安塔利亞的「7 Mehmet」被許多土耳其旅遊達人稱讚過。

安塔利亞是土耳其最多溫室栽種的地方：茄子、青椒、番茄、西瓜等都是最新鮮美味的。還有橘子、檸檬、蘋果、桃子等農產品外銷至全世界。特別是橘子很有名，從一九六四年開始，每年在安塔利亞都會舉辦「金橘國際電影節」，可說是土耳其的金馬獎，演藝人員及幕後電影工作者都爭相獲得金橘獎。二〇一五年後改名爲「安塔利亞電影節」。總之，記得要品嚐美味的蔬果與果醬！

東部

安塔利亞東部同樣也是充滿歷史古蹟與美景，而且交通比較方便。從安塔利亞機場出發開始，道路都很平直，不像西部的蜿蜒山路。大部分的觀光客也選擇往東邊走。

佩爾蓋古城

第一站是離安塔利亞二十四公里距離的古城佩爾蓋（Perge），在希臘

佩爾蓋古城

希臘塔門

時代被認爲是地中海最漂亮的城市之一。佩爾蓋的歷史可回朔至西元前四千年，西臺帝國、馬其頓王國、羅馬帝國都曾統治過這裡。古希臘幾何學家阿波羅尼奧斯（Apollonius）也是佩爾蓋人。

佩爾蓋古城的入口曾經有很漂亮的兩個希臘塔門，不過很可惜，就在西元一四一年及二四〇年時相繼發生大地震，造成許多建築損害，現今只能看得到這兩個塔門下面的一部分。

佩爾蓋的面積還蠻大的，所以需要花二至三個小時才能參觀完。古城最有名的是老街、阿哥拉（Agora，原意爲市集）、羅馬浴場、體育場及劇場。

羅馬浴場有許多水療的方式，包含冷、

阿斯班多斯羅馬劇場

溫、熱三種不同溫度的水，還會特地蓋一地熱系統。佩爾蓋羅馬浴場有一千五百年以上的歷史。

體育場有兩百三十四公尺長、三十四公尺寬，總共有一萬兩千個位子。這個體育場至少有兩千年的歷史。

劇場一樣是以前鬥士們的戰場，羅馬帝國時代人們真的很喜歡看血腥的比賽。可容納一萬三千名觀眾。舞台區曾經有大理石雕刻藝術，只是大部分已不存在，但是可以從留下來的部分看出酒神戴歐尼修斯（Dionysus）的生活故事。

有的觀光客會循著高速公路直接到安塔利亞東邊的其他觀光地區旅遊。佩爾蓋雖然在歷史上有很重要的位置，但是宣傳力不夠，所以這裡的遊客不像以弗所一樣多。

阿斯班多斯

離開佩爾蓋往東再繼續開車二十四公里後，路邊會出現一個路標上寫：阿斯班多斯（Aspendos）。是個很重要的歷史景點，尤其是古城的羅馬劇場更是世界聞名。

雖然這裡是一個古城，不過大部分的人知道的是阿斯班多斯劇場。這個劇場是西元二世紀建立的，爲世界保留最完整的羅馬劇場。

傳說，阿斯班多斯的國王有一個很美的女兒，所有的男生都很想娶她。國王絞盡腦汁想考驗到底誰有資格娶自己的女兒，最後他宣佈：誰可以爲這個城市建出最有意義的建設，就可以娶我的女兒。結果，一對雙胞胎兄弟的作品吸引了國王的目光。其中一個男孩興建了水道，讓城市的人民方便有水可以用。另一個男孩叫芝諾（Zenon），他蓋了獨特聲學設計非常厲害的劇場。國王先去看了水道覺得很厲害，想要讓女兒跟這位男孩結

阿斯班多斯羅馬劇場

婚。不過，後來他又去劇場走一走的時候，突然聽到一個聲音說：「我一定要娶國王的女兒」。國王嚇了一跳，因爲現場沒有人，後來才發現是芝諾在劇場遠處的一端講話。劇場的聲音反射效果深深吸引國王，後來決定讓自己的女兒與芝諾結婚。

到阿斯班多斯劇場的每一個導遊都會在舞台上丟擲一個投幣，讓現場的觀光客親身體驗劇場裡的聲音迴盪效果。說真的，在台上講話或者發出其他聲音，全場所有的觀眾都聽得到。一千八百年之前的人怎麼會有這麼厲害的技術，實在沒人知道也很難想像。

阿斯班多斯劇場總共有一萬兩千個座位。羅馬帝國時代這裡是世界最有名的角鬥士場合之一。歷史上除了血腥的表演之外，還舉辦過喜劇表演。

西代阿波羅神廟

現在每年安塔利亞市政府及文化部也會在這裡舉辦很多藝文表演，包括演唱會、歌劇及芭蕾舞。

西代

離開阿斯班多斯再往東部走，開車約三十五分鐘可到達下個景點。這裡是世界知名的古城西代（Side）。安納托利亞語裡「Side」的意思是「石榴」。二〇一四年我帶老婆來這個景點旅行，她在安塔利亞地區最喜歡的歷史景點也是這裡。

西代是一個半島，地形與地理位置很特別。這裡的街道及海岸都被古蹟包圍起來。歷史發展也與其他龐非利亞地區的古城一樣，都經過一樣的衝突與多數王國的統治。

古時候安塔利亞還沒有建立之前，西代已經有

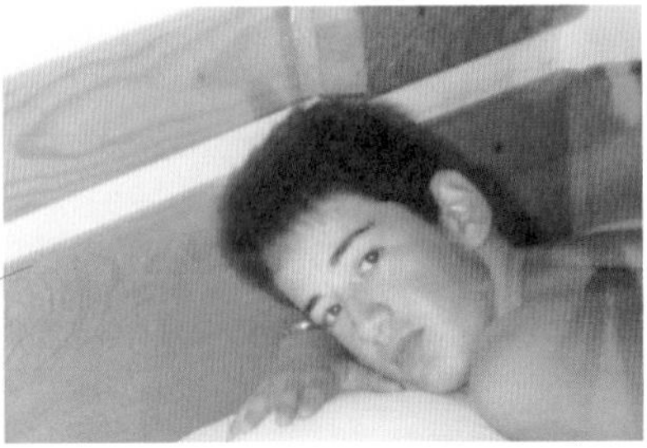

16歲實習時的午休

一個港口，這裡曾經是一個很重要的貿易中心。歷經了西元七至九世紀阿拉伯人的侵略與攻擊，把西代傷害的相當嚴重，使得這裡的住民慢慢移往其他地方。除了戰爭，地震及火災也深深影響這裡的發展。十二世紀時，西代被稱爲「燒掉的安塔利亞」，已經沒有人想要繼續住在這裡，可以說是被人民放棄的城市。

羅姆蘇丹國及鄂圖曼帝國也沒有太重視西代的發展，所以並沒有建立很多建築在這裡。因此，現在西代的古蹟都來自於希臘及羅馬帝國時代。最有名的當然還是劇場，還有光明之神阿波羅神廟、羅馬浴場，附近街道上到處都是紀念品商店。在西代可以欣賞世界最美的日落，很多觀光客會一邊享用晚餐，享受夕陽及夜景。想要體驗夜生活的話，「Lighthouse disco」被觀光客讚爲安塔利亞最好玩的 disco 之一。

流下男兒淚的少年

一九九六年我讀旅遊學校的時候，曾在西代的五星級飯店當過實習生。

馬納夫加特瀑布

也是我第一次開始與外國觀光客接觸。這個實習經驗讓我學到很多，也認識各國的人。所以西代在我的人生中有一個很特別的位置。

實習的日子，我幾乎每個星期都跑去馬納夫加特郵局打電話給爸爸。那個時候的我還沒能適應新的環境，飯店的工作做的很辛苦，常常跟爸爸哭訴。爸爸很了解我的感受，但是他更希望我自己能克服工作上的問題。直到最後我慢慢開始享受實習的過程，有更多機會練習英文和德文。最後我不哭了，天天享受並把握每一個學習的機會。這個實習經驗讓我變得更 man，也更懂得賺錢有多辛苦。

上次和老婆去馬納夫加特的時候，我特地開車經過那個郵局，給老婆看我曾經在那裡哭泣的地方。這個回憶對我來說真的充滿著意義。

馬納夫加特瀑布

馬納夫加特

想要在西代住幾天的話完全，這裡有很多不同規模大小的飯店與民宿，很多歐洲的觀光客一待就是兩個禮拜。每年有上百萬名遊客來西代旅遊。或是也可以考慮住在隔壁的城鎮馬納夫加特（Manavgat）。這裡不是一個古城，但一樣每年吸引很多觀光客前來。原因是瀑布、著名的河川等自然風景，以及傳統市場。包括知名的橋峽谷國家公園（Köprülü Kanyon）也是在馬納夫加特境內，每年夏天聚集了好幾萬人來挑戰獨木舟泛舟。

不想挑戰刺激獨木舟的話，可以欣賞馬納夫加特瀑布。這個景點離市中心只需十至十五分鐘的車程。瀑布最大的特色是其寬度與落水量，旁邊還有小餐廳可以休息。

在馬納夫加特待的時間夠多的話，可以考慮參加當地遊船團。馬納夫加特河很適合搭船，終點是河流與海洋匯流處，這個區域還可以游泳。總行程需要花半天或一整天的時間。船上有供應午餐，也有傳統肚皮舞表演。

克麗奧佩特拉海岸

阿蘭亞

安塔利亞區域介紹的最後一個城鎮是阿蘭亞（Alanya）。這個城鎮跟馬納夫加特一樣，在我的人生中有很多回憶。從二〇〇〇年到二〇〇五年，每年夏天我都去阿蘭亞當導遊，賺冬天讀書要用的零用錢。

當時放暑假很多同學回自己的家鄉，但是我則去阿蘭亞工作。從馬納夫加特開車不到一個小時，就可以抵達阿蘭亞。

二〇一四年的旅行，我也帶老婆去這個漂亮的城鎮。我們去的時候是十月，天氣不是很好，只能看到灰灰的天空，相當可惜。不然藍天白雲的時候真的非常迷人，尤其是五月開始，整個阿蘭亞的遊客開始增加好幾倍，到了暑假，更接近一百萬人！

城牆

來到阿蘭亞，映入眼簾的是兩公里長的克麗奧佩特拉海岸（Kleopatra Plajı）。傳說，羅馬帝國皇帝馬庫斯安東尼奧斯將這個海岸送給埃及豔后，所以以此命名。這裡的沙灘也有國際認證的藍色旗子。極細的沙子，海水特別藍。

沙灘的旁邊凸出來一座兩百五十公尺高的小山丘，古時候羅馬海盜蓋了一個小城堡在這個山丘上，仔細看可以看得到城堡與長長的城牆，城牆的總長六．五公里。

羅馬帝國時代阿蘭亞是被海盜所統治的，後來才由羅馬帝國正式管理，開始蓋設新的建築。不過現在看到的城堡及城牆，大部分都是在塞爾柱王國時代所建立的。

城堡裡有一個平台，可以讓觀光客從最高的角度眺望海景與阿蘭亞城市。從這個角度看過去，會發現這座小山其實是一個小半島。傳說，海裡面有個秘密洞穴，從洞穴就可以直接通往城堡。不過那一條路已經垮下來了，現在沒有辦法通行。

對很多土耳其人來說，阿蘭亞城堡是土耳其最漂亮的城堡之一。從城堡下到港口的時候，可以欣賞不一樣的風景。港口旁是塞爾柱王朝時代，一二二八年蓋的船廠與一二二六年蓋的紅塔，這兩個建築都是阿蘭亞的地標。船廠前面的小沙灘非常漂亮，也有一個小平台適合拍照。我之前晚上常到這裡與朋友喝飲料聊天，整個氛圍讓人很放鬆。

港口區是阿蘭亞最熱鬧的地方，早上可以搭船出海探索地中海的美，晚上可以在小街裡

紅塔

逛逛。最後一定要體驗這裡的夜生活，港口區的夜晚非常熱鬧。來自各國的年輕人常常在這裡跳舞到早上。

特殊自然景觀

除了這些，阿蘭亞還有許多特殊地形的景點，像是達姆拉塔什岩洞（Damlataş Mağarası）、迪姆溪（Dim çayı）、迪姆洞穴（Dim Mağarası）。

達姆拉塔什岩洞有治氣喘的功效，這個洞穴有一萬多年的歷史，裡面的溫度約保持攝氏二十三、二十四度。

迪姆溪是一個休閒的生態區域，這裡有很多鱒魚料理的餐廳。有些餐廳設計是讓客人坐在溪水裡，非常有趣。不論氣溫多高，溪流的水總是冰冰的。

學生時期的暑假，我當導遊賺冬天讀書的學費/2003年

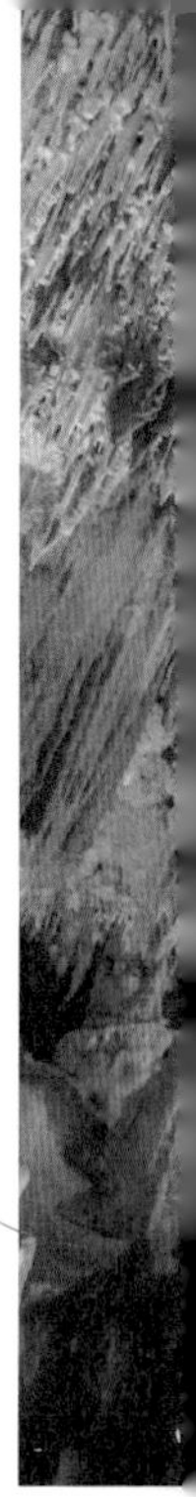

達姆拉塔什岩洞

這裡的迪姆洞穴一定要進去走走，在洞穴裡觀光客可以走的路有三百公尺，最後會走到一個小湖，洞穴裡的溫度一年四季皆是十八度，非常涼爽。

以前學生時期，我都在這裡帶觀光客到處玩，我還記得他們給我小費的時候，臉上的笑容有多開心。我假期一直工作存錢，然後開學後回去念大學。就這樣，五年時間過得很快，因爲有這麼漂亮的小鎮讓我打工賺錢，我可以減輕爸爸的負擔。希望下一次夏天回土耳其，可以帶我老婆和女兒到阿蘭亞玩。跟家人一起走在街道巷弄的時候，我一定會想起兩千年第一次到阿蘭亞找工作的那位年輕人。

愛琴海的西南部的 Sedir 島，傳說埃及豔后與羅馬將軍曾在這裡游泳

熱氣球的故鄉：卡帕多奇亞 Kapadokya

拿一張卡帕多奇亞的熱氣球照片，隨便問一個路人這是哪裡，我猜大部分的人會回答：土耳其！雖然很多人對卡帕多奇亞的第一印象是熱氣球，但是這裡真正的特色是獨一無二的地形與悠久的歷史，也被列爲世界遺產。

卡帕多奇亞的獨特景色來由是附近的兩座火山。這兩座火山在幾百萬年前爆發，流出來的岩漿與岩塊覆蓋了整個區域。過了很長的時間冷卻、凝固，再經過多次沉積形成了各種不同顏色的岩層。接下來的時間，因爲風化及雨水侵蝕的關係讓土

卡帕多奇亞冬天雪景

壤漸漸溶化，幾千年後慢慢形成現在的凹凸石塊及各式各樣的岩石景觀。

從遠處看這些石頭像是煙囪，所以土耳其人叫這些石頭地形爲「精靈煙囪」（Peri bacası）。

我第一次去卡帕多奇亞的時候是西元兩千年，當時熱氣球還沒有很夯，大部分的觀光客都參與其他的當地觀光團。熱氣球是兩千年後開始流行的，不到幾年就紅遍全世界。

漂亮馬匹的國度

卡帕多奇亞區域在歷史上也曾被不同族群統治。西元前十二世紀，西臺帝國統

當地的騎馬行程

治了卡帕多奇亞。他們的帝國結束後，整個區域進入一個戰亂的時代。直到西元前六世紀的時候，卡帕多奇亞被波斯人統治。據說，波斯人稱這個區域「Katpatuka」，意思是「漂亮馬匹的國度」，也是今日卡帕多奇亞名字的來由。

亞歷山大在西元前三三二年打敗波斯人，但是被卡帕多奇亞在地的帝國成功阻擋，也在這個時候建立卡帕多奇亞帝國。這些年卡帕多奇亞不斷繼續發展。

西元後十七年，卡帕多奇亞正式被羅馬帝國併吞。西元後三世紀，基督教擴張的時候，許多信徒住在卡帕多奇亞區域。但是羅馬帝國對於他們勢力的擴張感到威脅，所以就開始逼迫他們，結果，很多基督徒就挖鑿地下城市躲起來。現在也可以參觀當時代留下的地下城。

地下城 / 郭世宣 攝

神秘地下城

卡帕多奇亞有很多地下城，但是最有名的兩個是凱馬克利（Kaymaklı）及代林庫尤（Derinkuyu）。當時，住在這裡的人將內部規劃的很好，廚房、客廳等等應有盡有。連釀葡萄酒的空間也有規劃。

現在在凱馬克利地下城只能進到二十公尺的地下四層。在代林庫尤可以參觀至五十五公尺下的第八層樓。代林庫尤的總共面積有四．五平方公里。古時候裡面可以住兩萬人。凱馬克利地下城略小一些，約兩平方公里左右。

古希臘的文史學家色諾芬（Xenophon）西元前四百年在自己的書《長征記》（Anabasis）裡紀錄：很多小鎮都建立在地下，入口很窄。動物也住在地下，但是牠們有不一樣的空間。這裡的居民飼養羊、雞、牛等，這些動物都吃草。有很多

卡帕多奇亞的特殊地形

大甕裡保存稻米、玉米、蔬菜及大麥釀的啤酒，居民都很喜歡喝這個啤酒。

很多歷史學家無法考察出正確挖建地下城的時間。但是他們認爲西臺帝國時代應該就已經出現地下城。直到羅馬帝國時代，遭逼迫的基督徒把這些地下城挖得更深，規模越來越大。阿拉伯人攻擊卡帕多奇亞的時候，這些地下城被當作保護人民最安全的地方。

兩千年我第一次進去地下城，沒想到裡面會如此的完整。每一個大空間都有一個像巨型輪胎一樣的大門。據說，古時候敵人來時，地下城裡的人可以清楚聽到外面的聲音，敵人離開後大家才出來。來到卡帕多奇亞，一定要預留半天給這些地下城，好好參觀世界最獨特的歷史景點之一。

景點

卡帕多奇亞的總面積共有兩百五十平方公里。但是大部分的風景區都在最有名的三個城鎮：阿瓦諾斯（Avanos）、于爾居普（Ürgüp）、格雷梅（Göreme）。在這三個地方觀光客可以欣賞到最多的古蹟與風景，而且點跟點之間的距離都不遠。

每一個風景區都可以看到壯觀的石林地形，有的區域石丘比較密集。最驚人的是，這些石丘裡面都挖鑿出修道院、教堂、房子等。有的教堂裡還可以看得到有顏色的拼花，耶穌與其他聖人的圖案也可以清楚看的出來。五〇至六〇年代，很多在地人仍繼續住在這些石頭房子裡。後來慢慢發展後，人們才搬到現代的房子居住。

我妹妹二〇一七年才去卡帕多奇亞旅行。她抵達的第一天馬上打電話給我說：「大哥，很美！很

從烏奇薩城堡往下眺望／郭世宣 攝

美！我在卡帕多奇亞！好喜歡這裡！」這種反應非常正常。你們去的時候也會感受到一樣震撼。

在卡帕多奇亞記得要去烏奇薩城堡（Uçhisar）。在地人說，欣賞卡帕多奇亞最美的角度就是從烏奇薩城堡上眺望。一九五〇年代這裡還有人住，後來變成觀光景點後，開放給大家參觀。城堡的最高觀景台有一百多公尺的高度，從這個地方可以一覽三百六十度的卡帕多奇亞景色。冬天的時候整個城堡被雪覆蓋，又是另一種美麗。

另外，鴿子谷（Güvercinlik）、濟爾維（Zelve）與烏夫拉拉溪谷（Ihlara）可以更接近大自然，很多古蹟也藏在峽谷裡面。尤其是烏夫拉拉溪谷算是土耳其名氣最大的峽谷，總長十四公里。想要好好玩的話，需要花一天的時間。

除了風景與古蹟行程之外，在卡帕多奇亞還可以

烏奇薩城堡

參加各樣式的行程，包含越野吉普車、騎馬、熱氣球等。上次帶老婆到卡帕多奇亞的時候，她參加了騎馬行程，那天天氣非常冷，到處都是雪，我有點擔心老婆會覺得太冷，不好玩。但是她回來的時候跟我說：「老公我愛上這裡耶！延著河流岸邊騎馬好迷人！」

我真開心她喜歡。

一生必玩！熱氣球之旅

當然，我也幫老婆安排熱氣球行程，但是要飛的那天，一直下雪。我們凌晨五點左右到現場，準備起飛。但導遊判斷後，霧天加上大量的降雪，熱氣球無法飛行。

老婆真的很難過。不過我答應她，下次一定會讓

特殊的香菇岩

洞穴飯店

她體驗這項世界有名的熱氣球。

二〇一二年，我跟著《愛玩客》團隊一起來這裡拍攝的時候搭過熱氣球。從一千公尺的高度鳥瞰整個卡帕多奇亞，真的很漂亮。我覺得熱氣球最好玩是離地面稍近的時候，可以看得更清楚。有時候熱氣球靠近一些峽谷裡面，連下面的觀光客也會聽得到我們的叫聲。我跟他們說：「Hello! Welcome to Cappadocia!」真的好好玩。

熱氣球飛行時間差不多一小時左右。一早眾多熱氣球一起起飛的畫面好漂亮，有時候會多達三、四十個熱氣球一起飛上天。在空中飛的時候覺得很自由、很平靜。我們拍攝節目的那天一個男生在熱氣球上求婚，降落後還有一個喝香檳酒的儀式，相當浪漫。

想要搭熱氣球的話，我推薦 Royal Balloons，他們是

在地的熱氣球公司，服務及安全方面都很周到。天氣好的話，隨時可以飛，不過遇到下雨、起霧或下雪的話就不能。

洞穴飯店

卡帕多奇亞的住宿選擇很多，這裡最傳統的住宿方式是洞穴飯店，在好幾千年歷史的洞穴裡。

我推薦給大家在于爾居普著名的洞穴飯店 Kayakapi Premium Caves，我與家人也住過這裡。服務及飯店設計都非常棒。一些房間裡面還有游泳池。這裡曾經是古老窯洞房子後來變成的廢墟，飯店老闆向政府租了這塊土地之後，花很多時間和金錢把房子改建成很有味道的傳統洞穴飯店。

另外，卡帕多奇亞著名的 Turasan 葡萄酒莊也離

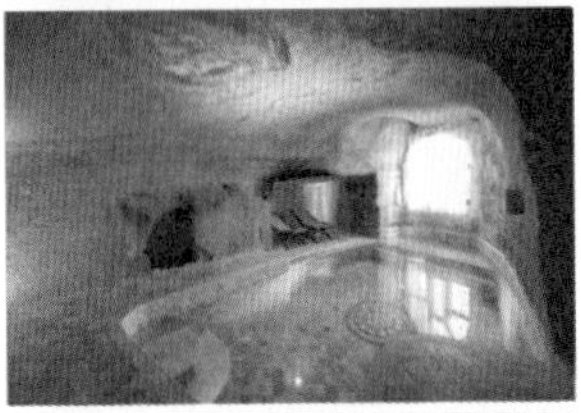

洞穴飯店

洞穴飯店很近。在 Turasan 酒莊可以買到最有名的葡萄酒。這個區域的葡萄適合製作頂級的葡萄酒，不同酒齡的葡萄酒有不同風味，適合當伴手禮。除了葡萄酒之外，在卡帕多奇亞還可以買到手工地毯、陶瓷與其他手工藝品。

從 Turasan 酒廠往下走，不到三百公尺就可以找到一間傳統房子 Asmalı Konak。兩千年時，土耳其一部很紅的電視劇在這裡取景，也因此成了熱門景點。

旅遊資訊

來卡帕多奇亞至少要花三天的時間。不管是夏天或冬天，每一個季節都很有特色。冬天有時候氣溫會低至零下十度左右，記得準備保暖衣物，不過夏天也常超過三十度。

洞穴飯店原本為古老窯洞

在去卡帕多奇亞旅行之前，可以找一部土耳其名導演——努瑞．貝其．錫蘭（Nuri Bilge Ceylan）的電影《冬日甦醒》，這部電影在卡帕多奇亞取景，並在二〇一四年於坎城影展獲得金棕櫚獎。

AL
on.com

旋轉舞的發源地：孔亞 Konya

梅夫拉納博物館

孔亞是土耳其面積最大的城市（三萬九千平方公里）。九千年前在孔亞的東南部加泰土丘（Çatalhöyük），人類出現最早定居的地方之一。考古家研究當時這裡約有八千多個人定居，也是世界最早開始耕種的族群之一。加泰土丘於二〇一二年七月，被列爲世界文化遺產。

而這個城市聞名的主因，是因爲這裡是全土耳其宗教氣氛最濃厚的地方，也是著名「旋轉舞」的發源地。

神秘主義蘇菲教派

梅夫拉納博物館是每個來孔亞的人必去的景點。那…梅夫拉納是誰呢？原意是「我們導師」的意思，指的是宗教精神領袖——魯米（Mevlana Celaleddin Rumi, 1207–1273）。不是伊斯蘭教徒，對他可能很陌生，魯米可說是在伊斯蘭教界影響最深遠的人，也是集宗教、哲學、文學於一身的一代大師。他的爸爸Bahaeddin Veled本身就是伊斯蘭教蘇菲教派（Sufism）的教義學家之一。魯米的出生地是現今阿富汗境內的巴爾赫省。雖然他來自波斯人的家族，但是他生活大部分是在羅姆蘇丹國統治下的孔亞度過。

魯米最有名的作品是《瑪斯納維》（Mesnevi）。這是一本闡釋伊斯蘭教神秘主義派——蘇菲派理論的敘事詩集，詩集分爲六卷，詩歌超過五萬行。全書總共講述了四百二十四個故事，包含蘇菲神秘主義的精神、描述出人在尋找神時的困境。《瑪斯納維》詩歌創作的主題、道理、押韻上大量參考了《古蘭經》，有時候一整首長詩的意念，主要是源於一段《古蘭經》的經文。

梅夫拉納博物館就是收藏了這位精神領袖的人生與思想。除了梅夫拉納的陵墓及衣冠冢在這裡，另外還有默罕默德的一撮鬍子，旁邊也有其它聖賢的臘像。這座博物館的外觀以其鋪滿綠色瓷磚的華麗尖塔，而令人側目，並成爲孔亞的地標。許多穆斯林不辭千里而來，就是爲了朝聖並一睹伊斯蘭的珍貴聖物。

旋轉舞是一種獨特的祈禱儀式，藉由不斷的旋轉來達到與阿拉合一的冥想

與神靈交流的舞蹈

魯米在孔亞創造了響徹世界的旋轉舞。

這種帶有宗教性質的旋轉舞，既是一種舞蹈，也是一場修行儀式，再更確切地說，它是向神靈禱告的秘密旅行。透過這樣的旅行，舞僧在靈魂深處全然與神靈交流。起初，這場儀式由樂師演奏來引入，樂師們坐在舞台後面，有的彈奏二弦琴、曼陀林，有的負責擊鼓，有的吹奏蘆笛。親眼看到這個獨特的儀式之後，會自動進入一個夢幻的世界。

旋轉舞僧們穿著寬大的白色長袍，戴著黑色的圓形氈帽，伴隨著悲傷笛聲、《古蘭經》誦讀中高高舉起右臂，手心朝天，象徵著在接受來自天堂的祝福。舞蹈動作雖然很簡單，但藉由雙手聯接起天地與人間，更加賦予了舞蹈神秘感。

與老婆一起吃 Etli ekmek

魯米留下的名言很多，大多也被翻譯成各個語言，其中有一段想分享給大家。

不要長時間和一位悲傷的朋友坐在一起。
當你前往一座花園，
你看的是花朵還是荊棘？
花更多時間與玫瑰和茉莉在一起。
宇宙中的一切都在你體內。
全都問你自己。
提升你的言語，而非聲音。
是雨水使花朵成長，而非雷鳴。

孔亞美食

土耳其各大城市都可以看得到來自孔亞的餐廳。推薦給大家在孔亞必吃的美食：Etli ekmek（一種很長很長的皮塔餅，有點像披薩，但是更美味）、Fırın kebap（烤箱烤肉）、Tirit（優格、肉與手工麵包交疊的傳統食物）。想要吃一些甜點的話可以品嚐 Högmerim（乳酪糕）。

土耳其自中亞到安納托利亞歷史發展中，
創造出很多屬於自己的生活習慣。
加上不斷與其他族群與宗教信仰的影響，
才能醞釀出這麼豐富的文化。

第二章

你想不到的士式習俗

★土式熱情

有些習俗只存在特定的地方，不同地區也有很大的差異。有時連我們自己也不懂來自土耳其另外一個地方的習俗及生活習慣。

土耳其人最大的特色是個性活潑！我們很喜歡逗小朋友，也很常講笑話。在土耳其不管去哪裡，一定會遇到愛開玩笑的人。

身懷百技的老闆

在觀光區更明顯，老闆、店員常常逗得觀光客咯咯笑，順便促成一筆新的交易。

烤魚三明治老闆／陳冠如攝

友善的民族性，其實與台灣人很相近。台灣人雖然比較害羞，但是如果遇到會講中文的外國人，台灣人都會很興奮又熱情，尤其是南部人，每次跟他們聊天，就立刻拿出一堆食物招待我，還有喝不完的啤酒、飲料！台灣人真的太可愛了！

在土耳其觀光區也常遇到這種老闆，他們很喜歡請觀光客們喝紅茶和蘋果茶。這是一種禮貌，也是做生意的第一個要訣：首先必須要好好歡迎客人，然後再開始介紹店裡的商品。

令觀光客驚訝的往往是土耳其的老闆及店員可以用很多不同語言來溝通，五至六種語言對他們來說只是小意思！雖然老闆很熱情，但是買東西的時候還是要殺價，建議可以談七或八折的價錢才合理。這也是土耳其的文化之一。但是要注意，有些特產已經很便宜、無法殺價，觀光客自己要判斷殺價的空間及可以殺價的商品。

★瘋狂的土式婚禮

土耳其習俗中，婚禮是我覺得最值得介紹給大家的。土耳其人大多在結婚之前會先訂婚。我和老婆在土耳其有一個簡單的訂婚儀式。有的訂婚像結婚一樣有很熱鬧的排場，有的則在家裡進行。我們是選擇在家裡，吃蛋糕、送訂婚戒。我的阿姨們和舅舅也送給我們一些黃金。

土式婚禮與華人婚禮最大的不同之處，就是跳舞。華人結婚的時候，大部分是請客人吃飯，在一個平靜的環境下享受美食，恭喜新婚的人。而土耳其人的婚禮則像是一個嘉年華會，熱鬧又瘋狂。我們也會宴客，但重點是一定要跳舞，幾乎每一個來賓都跳舞。舞蹈及音樂會因地區而異。如果我去黑海參加婚禮，應該無法趕上他們

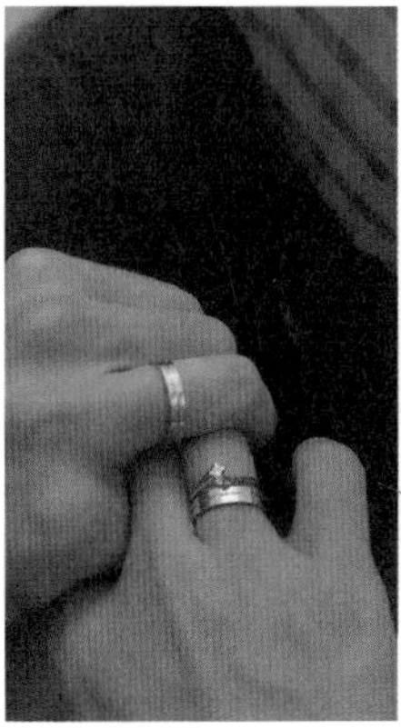

我與老婆的訂婚戒

的舞步。

婚禮上會請樂團或歌手表演，有錢的新人甚至會邀請知名歌手。一些很愛跳舞的客人，可以連跳兩、三個小時，新郎及新娘也是一樣。土式婚禮有點像大型的卡拉OK，邊唱歌邊表演。有的人喜歡歐式的戶外婚禮，尤其在鄉下，這種戶外婚禮特別多，非常傳統，也比大城市的婚禮更好玩。

我和老婆是在台北辦婚禮，雖然沒辦法完全遵照傳統，但我也邀請樂團來演奏土耳其傳統音樂。有些土耳其朋友送上紅包，但其實傳統土耳其人的婚禮，我們不送紅包，而是直接送黃金。有錢人的傳統婚禮，客人送的黃金超過好幾公斤。黃金會直接別在新郎和新娘的衣服上。在一些鄉下，客人送黃金的時候，主持人會在一旁轉述黃金多大顆，但這不是很常見。

妹妹婚禮前一晚的單身派對

我們的婚禮中西合併。請了土耳其廚師來做菜，讓客人品嚐到正宗的土耳其烤肉（沙威瑪）和冰淇淋。以自助的方式，方便客人一邊跳舞。很多台灣的朋友一開始很驚訝，不懂爲什麼土耳其人這麼High。老婆那個時候懷孕兩個月，所以沒辦法跟我們一起瘋狂跳舞。但她和其他華人的婚禮一樣換了三套衣服，不過基本上土耳其婚禮上從頭到尾就一套白紗而已。

單身派對

婚禮的前一晚，有一個專門給女生玩的活動叫「Kına Gecesi」（單身之夜）。這晚很多女生聚集一起慶祝新娘即將來到的婚禮。她們喜歡穿一種傳統的紅色禮服（Bindallı）。這晚是很感性的，新娘的親戚會幫她塗上指甲花彩繪（Henna）、朋友們唱一些難過的歌單，新娘通常會哭，因爲這是她在父母家過的最後一個晚上。我妹妹的單身之夜，在她穿上傳統服飾後就哭了。男生比較少參與這個活動，所以我也是從遠遠的地方觀察大家。有的地方男生女生一起玩，依習俗和慶祝的習慣而定。

拜票式車隊遊行

土耳其婚禮進行之前，有很多不同的習俗。也依區域有所不同，很多習俗我也沒有親身經歷。不過最常見的一些可以介紹給讀者朋友們。比如：車隊遊行！

大部分婚禮在晚上進行，所以白天要玩點不一樣的花招。車隊遊行幾乎在每一個地區都很流行。新人坐在一台高級的禮車，前車牌上通常會寫：「我們幸福」，而後車牌寫：「因爲結婚！」，有些幽默的人則會寫：「我們完蛋了，因爲結婚！」

這台車會特別佈置得很花俏，上面貼著新郎和新娘的名字。開在最前面，後面跟著朋友們的車，在城市裡鑽來繞去，而且一邊開一邊按喇叭！相當有趣。外國人每次看到土耳其人這樣玩，都很好奇。我們很喜歡分享好消息給大家。這樣的車隊畫面有點像在競選。

新郎和新娘的車常常被小朋友圍繞住，因爲他們要一些小費！這時新郎會把錢裝在信封裡給他們。有的小地方沒有辦法進行車隊遊行，他們則會安排別的玩法。騎馬就是其中之一。新郎騎馬到新娘家，一路上旁邊會有伴奏音樂的人，大家一起跳舞，氣氛相當熱鬧。

娶嬌妻的代價

白天的活動裡，常見類似台灣的闖關遊戲，不過是由新郎的男生朋友整新郎。有些遊戲還蠻辛苦的，讓新郎挑戰一堆遊戲，測驗新郎的耐力。在結婚幾個月前，新郎會和家人拜訪新娘的家人，向他們提親。這個時候新娘會準備傳統土耳其咖啡給大家喝，不過新郎的咖啡裡會被放很多鹽巴。這是個傳統習俗，爲要測驗新郎的性格是會忍耐還是沒有辦法接受。我妹婿算是幸運，妹妹並沒有這樣捉弄他。他們婚禮那一天，我也沒有給他太多的壓力，只是把家門關起來，新郎要給小費才能讓妹妹出來。他給了大約台幣一千元，我就說OK！在別的地區，搞不好有一些人會讓新郎花幾萬塊台幣，才肯罷休讓他進去新娘的家。

土式鬧洞房

土耳其文叫「Gerdek Gecesi」。在婚禮晚上，新郎的男性朋友會在新人家門外排隊等新郎，在他要進門的時候，大家會打他的背。這是一種加油的方式，很多傳統婚禮有這樣子的玩法，曾經發生過新郎被打到緊急送醫的例子。我只在小時候看過一次而已，大城市已經很少見這個傳統。

我們在土耳其家的訂婚儀式

★土耳其男子漢

割禮是終身大事！

這是一個很特別的習俗「sünnet」就是割包皮！伊斯蘭教徒的男生一定要經歷的傳統。割包皮對我們來說是成爲男人的第一步。每個家庭自己決定割包皮的年齡，我是在九歲的時候。這個傳統很重要，所以小男孩割完包皮會有特別的派對。有點類似婚禮，大家一起玩樂、跳舞、享用美食。我記得我收到很多禮物跟黃金，還有人直接送錢。白天也有車隊的遊行，向大家宣布我要割包皮。當時爸爸經濟狀況算好，所以他辦的比較盛大，不但宴客，他還幫我安排馬車，讓我坐馬車遊行。不時還停下車來跳舞。傳統樂器 Darbuka、klarnet、cümbüş、saz、

9 歲割禮那天的我穿著傳統服飾

kanun 等，也會出現在這個活動當中。

轉大人的那一天

土耳其人很敬重軍人，以傳統來說，軍人非常重要。因此很多年輕人在當兵之前家人會在家辦派對，讓同學、朋友們一起盡興的玩。這個活動叫「Asker düğünü」意思是當兵的人要跟家人說再見，也希望平安回家。過程很感人，尤其當大男孩跟媽媽說再見的時候，很多人哭。活動中會有一段念可蘭經的過程，希望阿拉保佑當兵的人。

另外，土耳其的男生滿十八歲的時候要服兵役，如果還是學生，可以等畢業後再去當兵。沒有大學畢業的男生要服役十二個月；大學畢業生則只需服役六個月，不過若是選擇服役十二個月，當上中尉就可以領薪水。像我一樣在國外待三年以上的話，不用當兵，但是要付給政府二十五至三十萬台幣。這個制度英文叫 Paid military service（付費抵免兵役），在土耳其我們說 Paralı askerlik。

刮鬍子的享受

我每次回土耳其必去做的一件事！就像女生喜歡上髮廊洗頭髮一樣，到傳統理髮店刮鬍子是土耳其男人的一種享受方式。我們的鬍子比較多，一些男生覺得自己刮比較麻煩，就會到理髮店讓專業師傅來刮鬍子。這種理髮店的服務包含洗臉、按摩、刮鬍等等，通常頭髮也一起理。一般消費價格差不多約美金七至十元，有的高級理髮店甚至超過美金七十元！

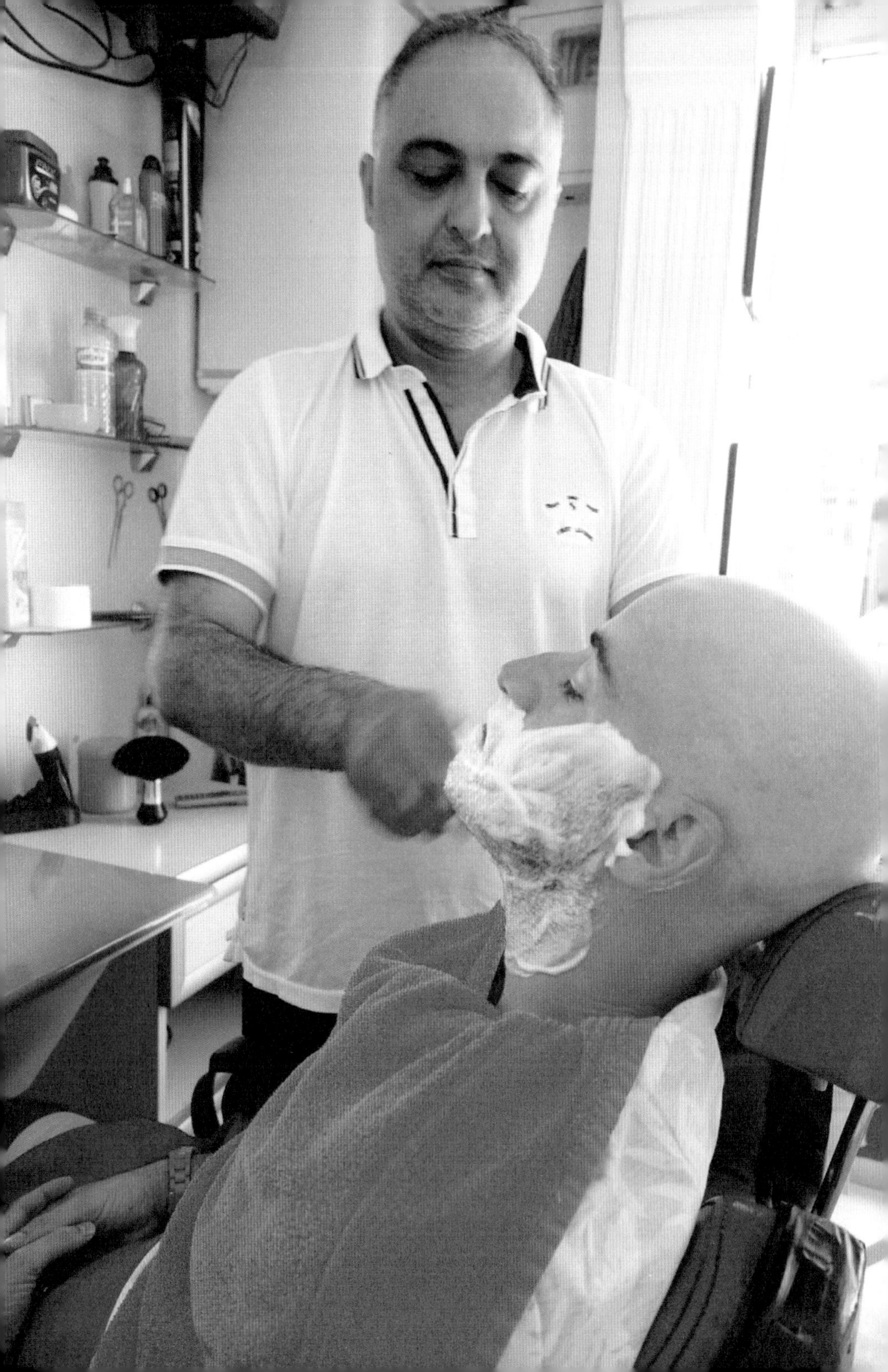

★傳統節日

迎春節

土耳其有兩個季節性節日要知道。一個是「迎春節」（Hidrellez），每年的五月六日在土耳其的各地方慶祝，指的是春天的到來，也代表大自然復活了。傳說有兩位先知Hızır跟İlyas，這天在地球上再次相遇。

慶祝迎春節的時候，人們到戶外野餐、玩遊戲。有很多人會從火上跨跳過去，清楚表示春天的到來，希望新的春天帶來好運。傳說，把想要的東西，房子、車子、錢等模型放在樹玫瑰下，那些東西就會在一年內變成真的。或有的人直接把紅色彩帶綁在樹玫瑰上許願。選擇樹玫瑰是因 Hizir 和 Ilyas 兩位先知很久以前在樹玫瑰下見面。安納托利亞地區有些人會把牛奶放在門外，若隔天牛奶變成優格的話，表示願望會實現。

我家鄉色雷斯的迎春節有另外一個名字叫 Kakava。小時候每年的五月，我跟著所有親戚聚集在阿嬤的蘋果園，慶祝春天的到來。當時大家都玩得很開心，我和妹妹還有阿姨們一起跳繩、玩球。小時候很喜歡這個活動，五個阿姨、兩個舅舅跟所有的表哥都來參與，非常熱鬧，寫日記的時候，特別喜歡寫下關於 Kakava 活動的回憶。現在在色雷斯每年仍然有很多人在慶祝這個節日。

春分節

第二個要介紹的活動是「春分節」（Nevruz）。是來自伊朗文化的一個傳統節日。在波斯語的意思是「新的一天」，也是慶祝春天的到來。從伊朗發源後，許多中亞

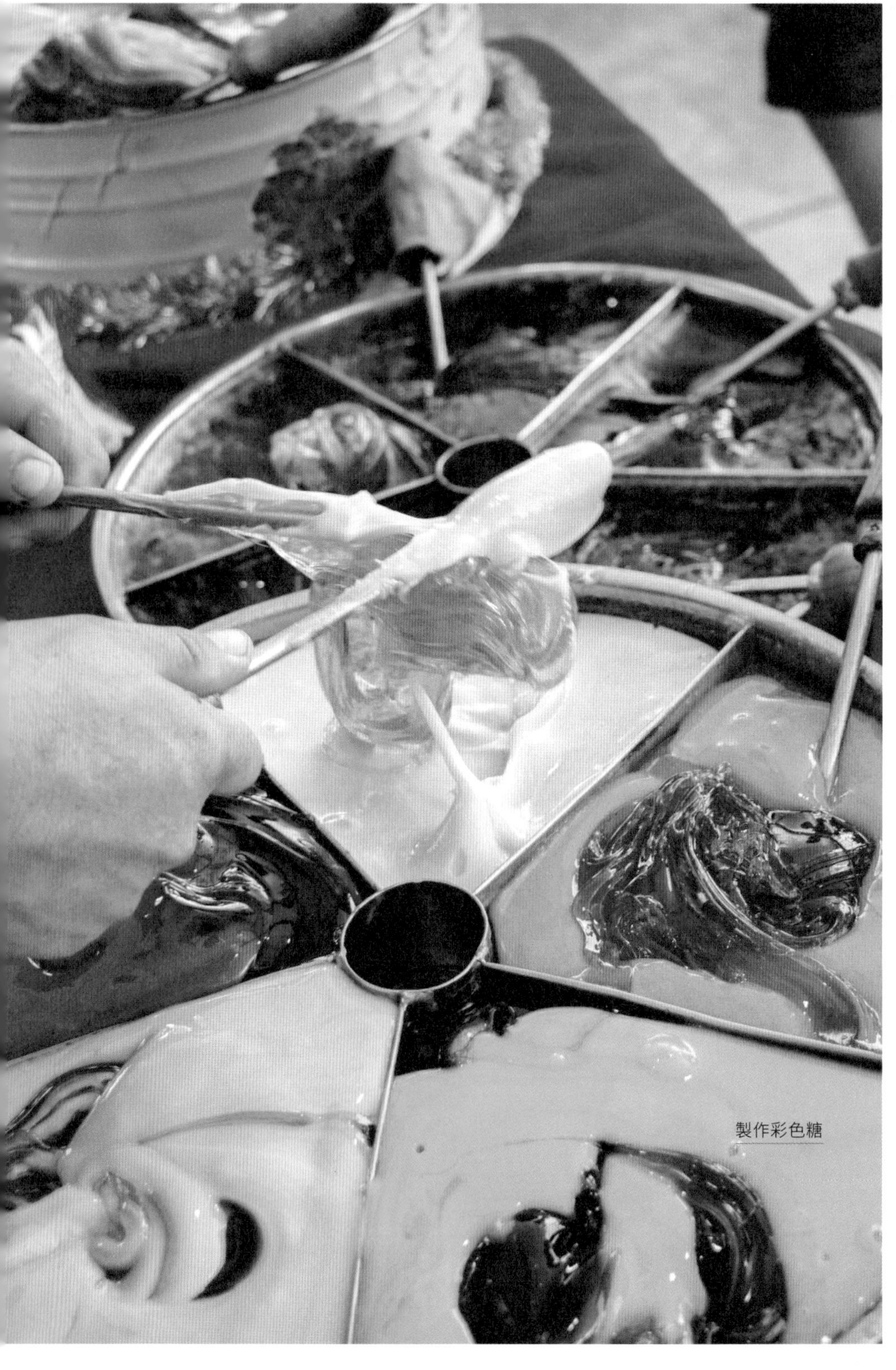

製作彩色糖

及中東地區的族群都會慶祝這日。每年的三月二十一日，大家玩遊戲、跳舞唱歌，也有很多人跳火，一樣非常熱鬧。這個習俗在鄂圖曼帝國和塞爾柱王朝時代已經存在，被當成正式的節日慶祝。

馬尼薩彩色糖節

不論你們參加迎春節或春分節都能體驗獨一無二的習俗文化。三月份到土耳其旅遊的話，還可以參加非常傳統的馬尼薩彩色糖節（Manisa Mesir Macunu festivali）。

三月二十一日在土耳其西部城市馬尼薩的這個活動，已有四百五十多年歷史。活動中主辦單位發給大家一種以很多香料製成的彩色糖甜點「Mesir Macunu」。傳說很久之前鄂圖曼帝國的國王塞利姆一世的妻子生病，很多醫生想盡辦法辦法治療她，但是都行不通。最後國王的私人醫生以眾多香料食材製作了甜點給她吃，過了不久，皇后病情漸漸好轉。醫生做的這個秘密藥就是Mesir Macunu。自此這個甜點紅遍各地。土耳其有很多人爲了補充體力或保養身體吃這個甜點。據說可以改善氣喘、痛風、頭暈、酸痛等狀況。活動一直持續到四月二十六日結束。特別在最後幾天，主辦方會從馬尼薩著名景點蘇丹清真寺塔上，丟下大量的彩色糖，有些人會自備雨傘大撈一筆。有機會可以去體驗看看，是一個挺值得參與的傳統活動。

對我而言寫這本書最大的挑戰之一，
就是得在短短幾頁中將土耳其美食文化介紹給大家。
很多人不知道，
土耳其料理其實是世界三大美食文化之一。
許多旅遊書誇讚土耳其食物的多元性及歷史由來。

第三章

肚子餓的熊不跳舞

三大美食文化之一：土耳其料理

土耳其食物真的相當具吸引力且有豐富的變化。不論我到了世界何處，一定可以看得到土耳其料理的蹤跡。每年也有很多著名的土耳其廚師，在世界各個國際比賽得名。身爲一個土耳其人，我很驕傲自己國家有這麼富饒、獨一無二的美食文化。

土耳其人常說：「Can boğazdan gelir」（生命最重要的是吃飯）。我們還說：「Aç ayı oynamaz」（肚子餓的熊不跳舞！）許多諺語都和食物息息相關。

對我們而言，吃飯時間都要好好珍惜。一邊要吃飯，一邊要享受。土耳其人很重視餐廳的規劃設計，因此在土

拍節目時享受土耳其捲餅

耳其少有攤販或夜市。我們對於吃飯氣氛及順序有一定的要求，譬如說吃海鮮一定要伴隨海景、吃飯的時候要先喝湯。或許聽起來過度講究或很繁瑣，但其實我們只是想要以最好的方式來享受吃飯時間。

在土耳其通常也是由女人準備豐富的料理給家人吃。我的阿嬤和姑姑以前都會料理非常美味的食物，全家人一起享受。有很多女人的廚藝並不輸給專業的廚師，而且每一個女人都有自己的秘密香料比例。土耳其家常菜各有自己的特色與口感。一樣的食物，家家都有不一樣的口感。

旅行之前，先瞭解土耳其美食文化

土耳其人覺得，從早到晚，每一餐都要有自己的精神與適合的食物。例如順序、搭配的飲料、固定的時間、欣賞的風景都很重要。這也是爲什麼土耳其料理廣爲人知。

不過，有些亞洲觀光客會以爲土耳其食物只重肉，沒有其他的青菜，

Ayran 優格

其實這是個錯誤的觀念。觀光區常常看得到賣烤肉的餐廳，但不代表烤肉是整個土耳其美食文化，只是一個小部分而已。

想瞭解土耳其美食文化，第一步先從我們的祖先開始——突厥人。美食文化的發展真有意思，前面提到突厥人是遊牧民族，他們常在不同的土地生活，也常跟著戰爭及氣候變化而遷徙，所以飲食習慣也受到很多影響。

突厥人的飲料

突厥人很早開始知道利用牛奶製成奶製品。其實很多人都不知道，優格是突厥人發明的。我們的祖先很喜歡吃優格還有優格做成的湯。延續至現在土耳其的每一個家庭，幾乎每天都有吃大量優格的習慣。

市場裡色彩鮮豔的蔬果

我們把優格當飲料喝，這飲料叫做Ayran，就像優酪乳的一樣。做法很簡單，優格裡加水，加一點的鹽巴後，搖一搖就完成了！我兩歲半的女兒非常喜歡喝。這個飲料在土耳其到處都買得到，如果到土耳其旅行，一定要品嚐一下，好喝又健康。

古時候突厥人喜歡的另外一種飲料叫「Kımız」（馬奶酒），由馬奶發酵製成的酒。熱量高，但酒精濃量低，非常適合遊牧民族。今日中亞的哈薩克、烏茲別克、柯爾克孜、蒙古等族群都還有喝馬奶酒的習慣。但在土耳其已經沒有人喝了，所以也沒有商人在賣。馬奶酒的文化也存留在土耳其人歷史的一部分。

很懂吃的遊牧民族

突厥人雖然是遊牧民族，但是他們知道怎麼種植

土耳其烤肉（沙威瑪）

水果和蔬菜。他們使用水果及穀類來釀酒，每次打獵回來的勇士，都會喝自家釀的酒來慶祝當天的收穫。因為突厥人擅長騎馬，常常是騎著馬去打獵。獵人也會培訓一些老鷹跟狗，來幫助他們追捕獵物。最珍貴的獵物是兔子、鳥類還有鹿。

牛不是突厥人生活的主要肉品。因為突厥人需要牛奶並利用牠們在田裡耕種，所以反倒是比較常吃山羊、綿羊和馬肉。不過現在的土耳其人已經不吃馬肉，請不要在餐廳點馬肉，他們會嚇一跳！

這麼多不同的肉，當然都有不同的烹飪方式。常見的做法是：烤、蒸、炸及水煮。肉丸（köfte）是土耳其最著名的食物之一，也是土耳其常見的家庭料理。最奇妙的是，突厥人很早就知道以絞肉來製作肉丸和湯品。今日的土耳其美食文化裡，都還看得到當時留下來的影響。

七世紀開始，突厥人與阿拉伯人、波斯人接觸後，從宗教到美食都受到很大的影響。外來飲食進入突厥人的廚房裡。阿拉伯人說的Kebab（烤肉）、波斯人說的Biryan（烤肉）開始出現在突厥人的菜單上，且將這些食物發揚光大。

突厥人的飲食習慣及料理方法，也被阿拉伯人跟波斯人效仿。透過這樣的交流，讓突厥人的飲食越來越豐富，各種不同香料的互通，也讓口味越來越多樣化。

未雨綢繆好過冬

對突厥人來說，除了享受美食之外，保存食物也很重要。尤其是在氣候變化這麼大的中亞，一定要好好保存食物，不然冬天可能會餓死。突厥人爲了要克服嚴峻的冬天，發明了不少方式。像是香腸（Sucuk）和燻生肉片（Pasturma），在土耳其非常的受歡迎。

突厥人製作香腸時，將香料、肉乾及麵粉混合塞入動物的腸子裡。這樣食物可以保存更久，口感也很好。早期一些地方還會有人利用動物的血來保存食材。不過現在已不復見。

現在在土耳其還有燻生肉片的類似做法，只是鹽巴量比較多，有點類似亞洲的肉乾。

請放心，現在的製作過程很衛生，技術更純熟，所以肉類的口感更好。去土耳其一定要吃吃看這兩種肉品。我們特別喜歡把香腸跟燻生肉片加入炒蛋裡一起料理，當成早餐。

除了肉類，突厥人還有吃魚的習慣。中亞很多地方，都有湖泊和河流經過，適合釣魚。魚類也可以像其他肉類保存方法一樣，曬乾後方便保存至冬天食用，類似一夜乾的做法。不過現在的土耳其，我們比較常吃新鮮的魚類，不太會吃魚乾或是魚鬆。

麵包成為主食

在十世紀時，拜訪新疆吐魯番城市的一位中國使者，在自己的日記上描述：「突厥人很會種田。」也記錄了突厥人會栽種很多蔬果，包含西瓜、葡萄、木瓜、洋蔥、蘋果、豆類、小麥等。

尤其是小麥扮演了重要的角色，讓突厥人開始懂得製作麵包。現在土耳其人的主食就是麵包，每一餐都會出現。因爲要搭配其他食物吃，所以麵包是沒有調味的。老婆剛認識我的時候，對於我很愛吃麵包有點驚訝。不過，她現在也開始跟我一樣愛上麵包了。

突厥人離開中亞慢慢往西方前進的時候，沿途學了很多新料理方式也認識新的食材。不過，最大的變化是從定居安納托利亞區域之

傳統麵包店／陳冠如攝

後開始，因爲漸漸放棄遊牧的習慣跟生活方式。在肥沃的安納托利亞土地，突厥人開始栽種更多水果蔬菜。一開始烹飪方式是比較簡單的，後來才慢慢發展成現在土耳其美食文化的基礎。

鄂圖曼御膳房

鄂圖曼帝國建立後，土耳其的美食文化受到最多的影響，製作過程也跟著標準化。這麼多的變化是因爲鄂國蘇丹家族非常重視食物的烹調。因此在宮殿裡，蘇丹雇用很多廚師做出各種不同的料理。如果去伊斯坦堡的托普卡匹皇宮，可以看得到當初的御膳房跟每一樣廚具都非常精緻，而且都有專業的規模。

托普卡匹皇宮御膳房的煙囪

很多歷史學家和美食專家，把土耳其美食文化稱爲鄂圖曼美食。我也覺得這個名稱是對的，因爲自鄂圖曼帝國開始，土耳其食物變得更具特色且多元。尤其在一四五三年，伊斯坦堡被鄂國統治後，美食文化迅速發展，一年比一年豐富。來自全帝國的廚師齊聚一堂研發出各式料理，爲了讓宮殿裡的人品嚐。也慢慢傳入民間。另外，鄂國統治的其他新土地，也帶入土耳其食物影響到更多國家及族群。

鄂圖曼帝國最興盛的時候，宮殿裡的御膳房有六十位廚師及兩百多個助手，每天負責準備四千多人份的食物。遇到特別節日，甚至需要料理超過一萬人份的餐點。廚師皆有分等級，而且使用的御膳房也不同。

沒有飯廳的宮殿

另外一個很特別的地方是，宮殿裡並沒有專門的飯廳！飯廳這種空間的概念比較屬於西方帝國，土耳其的祖先還是比較習慣來自東亞的飲食習慣。所以宮殿裡的人想要吃飯的時候，僕人會從御膳房帶著美食到一個空間或房間裡，當場再擺出一個特別的圓桌，所有的人坐在地上一起享用。這種圓桌及吃法在土耳其文叫做「Yer sofrası」。在我小時候有時也是這樣吃飯，很有傳統土耳其文化的味道，而且更有趣。鄂圖曼帝國宮殿裡大家一起吃飯的時候，只有蘇丹自己一個人吃飯，有專屬的廚師及御膳房。

在鄂圖曼帝國時代，吃飯當中是不允許大聲聊天、大笑和唱歌的。他們對美食及用餐環境比較挑剔，難怪只有最厲害的人可以當廚師，爲宮殿裡的人服務。

現在的土耳其人吃飯比較輕鬆，但也有一些規矩要知道。例如：吃飯中不能打嗝、不要大聲聊天、長輩先用、不能躺著吃、準時用餐等。

土耳其咖啡

土耳其咖啡

鄂圖曼帝國覺得膳食代表帝國的力量。敵人會觀察御膳房的規模及豐富度，來判斷一個國家的強弱。所以，鄂國一直保有最厲害的御膳房及美食文化。人們也很喜歡把獵物當成食物，像是鴿子、鵝、鴨肉都很受歡迎。另外還有飯、烤肉及烘焙類的食物。加上大家都很喜愛甜點和水果，飯後一定會再來一杯含糖水果茶（Şerbet）或土耳其咖啡。

我相信在亞洲有很多人知道土耳其咖啡，有點像義大利濃縮咖啡，但是比較濃。喝咖啡之前，一定要先喝一杯水，將嘴巴清潔一下，這樣才更容易品嚐到土耳其咖啡的口感。蘇丹喜歡在煤炭上煮的咖啡，慢慢煮最好喝。現在咖啡一樣相當流行，但是比較少見以煤炭煮了。土耳其人很喜歡用喝完剩下的咖啡渣占卜。這個也是屬於我們另類的美食文化之一。

廚師們製作小水餃 / 陳冠如 攝

絲路開通集聚各地美食

鄂圖曼帝國佔據了全世界最好的地理位置，尤其是絲路的開通，讓東西方的食材、香料、文化有更進一步的交流，進而發展出兩地結合的美食文化。

十九世紀鄂圖曼帝國已失去軍事及經濟力量，一些文化也開始被西方改變，其中之一就是美食文化。之前鄂國的廚師只會製作當地的傳統料理，不過在這之後，他們也開始學習西方美食，特別是法國料理。從用手吃飯到開始使用刀叉。

雖然歐洲的美食文化深深影響鄂國美食，但是鄂圖曼人還是很成功的將自己的美食特色保存下來。

現在的土耳其美食文化是一個綜合的世界。從中亞開始發展，隨著帝國的變化與其他族群的交流，創造出獨一無二的土耳其料理。甚至現在的中東、希臘、北非料理等，都可以嚐出土耳其美食的蹤跡。當然土耳其的料理也有受他們的口味影響。

鄂圖曼美食

如果想要品嚐到真正傳統鄂圖曼美食，必須到特定的餐廳或飯店。現在土耳其一般觀光區餐廳提供的食物，大多還是流行烤肉類料理爲主。

土耳其美食有好幾百種，沒辦法一一描述，但最具特色的料理，值得好好推薦，有機會一定要吃吃看！

★ Hünkar beğendi 茄子與起司加麵粉的燉菜料理

★ Fodula 烤牛肉黑麥三明治

★ Mahmudiye 蔬菜燉雞肉

★ Etli kuru fasulye 燉豆子

★ Tirit 牛肉、優格醬、硬麵包層疊料理

★ Hamsili pilav 鯷魚包飯

★ Mam bayıldı 烤鑲餡茄子

土耳其披薩（Lahmacun）

亞歷山大烤肉（İskender Kebabı）

比我高的土耳其烤肉（沙威瑪）

★Mantı 小水餃
★Kuzu tandır 烤小羊
★Dolma 青椒鑲米

琳瑯滿目的土耳其烤肉

土耳其文的烤肉是「kebap」，在土耳其可以看到滿街的店家或小攤販售，如果想吃可以選擇著名的Orman kebap、Adana kebap、Çağ kebap、Tepsi kebap、İskender kebap、Lahmacun（土耳其披薩）、Döner kebap（沙威瑪）等。這些都是很有名的主菜，此外，傳統的配菜也一定要知道。副菜的土耳其文叫「Meze」。我們吃飯的時候一定要有配菜，尤其是吃海鮮時。大部份配菜都是冷盤，也沒有肉。

美食作家推薦配菜

很多土耳其當地美食作家推薦的配菜包含：

★Cevizli Kısır 核桃布格麥沙拉
★Babagannuş 茄子與彩椒做成的沙拉
★Çiğköfte 布格麥混香料做的丸子
★Piyaz 豆子蔬菜
★Mücver 炸櫛瓜
★Cevizli Biber 核桃青椒泥
★Muammara 核桃、洋蔥、蒜頭、橄欖油做的泥
★Acılı Ezme Salata 辣椒番茄糊
★Humus 豆泥
★Çerkez Tavuğu 香料雞肉糊

伊斯坦堡餐廳推薦

伊斯坦堡有幾間被美食專家推薦的餐廳，像是：Asitane restaurant、Hacı Abdullah lokantası、Hünkar、Surplus、Tarihi Subaşı lokantası 等。想要吃烤肉類的話，可以到 Nişantaşı Köşebaşı、Umut Ocakbaşı、Öz Kilis Kebab ve Lahmacun Salonu，這些餐廳都很受歡迎。價格大約一個人三十至六十美金不等。

撒鹽哥做菜給你吃

若想吃一頓高級餐廳的料理，可以到網路爆紅的撒鹽哥——努斯瑞特．格切（Nusret Gökçe）開的餐廳「Nusr-et」，餐廳以牛排為主，也有提供好吃的烤肉。伊斯坦堡有分

糖果店／陳冠如 攝

店，不過價格稍貴，兩個人差不多要一百至兩百美金。很多好萊塢明星及球星常去光顧，也難怪他是目前世界上最有名的牛排師傅。

守住你的甜點胃

不論吃多飽，土耳其的飯後甜點絕不能缺席。推薦給大家甜點：

★ Baklava 巴拉瓦餅（果仁蜜餅，為加吉安特的特產）
★ Künefe 庫納法（哈塔伊省的熱甜點）
★ Peynir tatlısı 羊奶乳酪餅
★ Aşure 堅果米布丁
★ Hayrabolu tatlısı 色雷斯特產奶酪餅
★ Zerde 番紅花米布丁
★ Sütlaç 米布丁

土耳其軟糖

色雷斯奶酪餅

米布丁／陳冠如 攝

★Helva 哈爾瓦酥糖
★Lokum 土耳其軟糖
★Revani 烤的小麥粉與優格製成的蛋糕
★Lokma 炸麵團裹糖漿

土耳其冰淇淋大解謎

寫了這麼多食物，最不能遺漏的就是土耳其冰淇淋！土耳其的城市卡赫拉曼馬拉什製作的冰淇淋非常有名，因爲發源地是馬拉什，所以在土耳其我們叫它馬拉什冰淇淋。

出了土耳其沒有人知道馬拉什這個城市，所以在國外才通稱爲土耳其冰淇淋。主要成分是羊奶與蘭莖粉。因爲加了蘭莖粉所以質地特別的黏，不容易斷，所以很多觀光區小店賣冰淇淋時，一

起司皮塔麵包

定要先甩一下顧客才過癮。著名的連鎖甜點店Mado，就是賣傳統的馬拉什冰淇淋，現在幾乎每一個大城市找得到Mado的分店。

節日美食

特別的節日也會帶給飲食上一些改變。尤其是伊斯蘭教的節日，像是齋戒月時，虔誠的伊斯蘭教徒白天不吃飯，日落後才可以吃飯。齋戒月時會有一些比較特殊的皮塔麵包（土耳其語Pide），皮薄有點類似比薩，只是通常會加入蛋，形狀是長型的。而齋戒月時製作的皮塔會比較厚、份量較大。

另外一個屬於齋戒月的食物，是一種叫Güllaç的甜點（玫瑰牛奶派）。主要成分是牛奶，但做法相當不容易，所以不一定每個人都可以做得出來。但是不用擔心，這道甜點很容易可以買到。齋戒月總共三十天，結束後會有五天連假，這是土耳其最大的節日之一。

另外一個重要的宗教節日是「古爾邦節」，或者稱爲「犧牲節」，大約有四至五日的連假，在這個節日很多人的家也會準備各式各樣的肉料理，經濟狀況好的伊斯蘭教徒，會請人取動物的肉（包括綿羊、牛、山羊和駱駝），然後分給窮人。現在很少人殺駱駝了。

如果在這兩個大節日去土耳其玩的話，更可以感受到土耳其人的團結與熱情。每一個家庭都會準備很多美食，有些餐廳則沒有營業。所以如果想要深入瞭解美食跟宗教文化的話，最好到土耳其人的家一起過節。

傳統土耳其早餐

土耳其的美食文化裡還有一個重點，就是早餐！基本上三星以上的飯店都會提供豐盛的早餐，但是也可以去一些專門賣早餐的餐廳。這些餐廳的食材選擇比較傳統，氣氛也很好。一到週末，土耳其人喜歡出門到餐廳享受早餐。

各個地區有各自的早餐文化。最基本的是白色與各式各樣的起司。再加上黑橄欖、番茄、果醬、麵包和蛋。還可以加上肉類或奶油。

不管怎麼吃，土耳其的早餐都非常美味。小時候偶爾會跟家人一起享受一個多小時的早餐，一邊聊天一邊慢慢享受阿嬤做的美食，真的好幸福。搭配土耳其紅茶才算道地。如果是冬天的話，可以喝喝看椴樹花茶。伊斯坦堡的 Van Kahvaltı evi、Lokma、Fincan Kahve、Namlı Gurme 等餐廳，都可讓客人享受到豐盛且傳統的早餐。還有一家連鎖店叫做 Simit Sarayı，幾乎全土耳其都找得到，提供比較簡單的早餐，而且價格合理。有機會到土耳其的話，絕對不要錯過任何一項美食，絕對可以讓你們大開吃界！

ASY GOING LIFE STYLE

從遠方的亞洲跟著馬奔跑過來
如馬頭一般往地中海伸出去的
這個國家，是我們的。
手肘帶血、咬緊雙唇、赤裸雙腳
土地彷彿是絲製成的地毯
這個地獄，這個天堂是我們的。

第四章

土耳其歷史簡單說

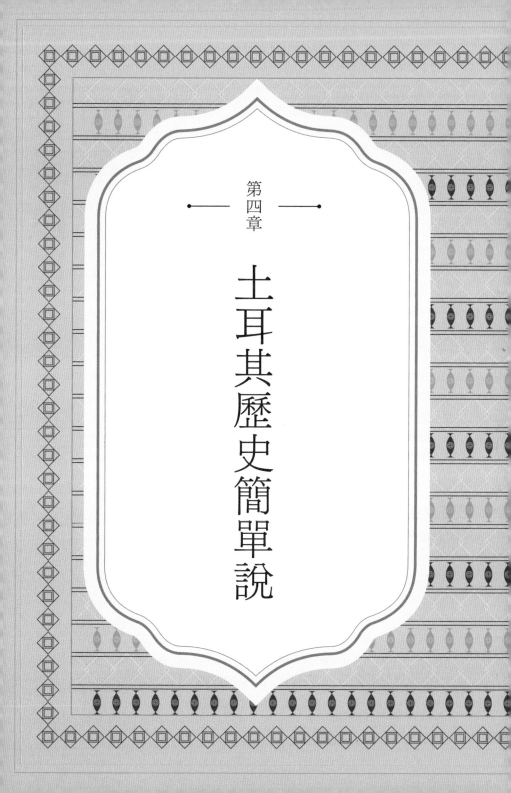

★接壤歐亞的馬頭

馬頭這個形容聽起來或許有些奇怪，但是土耳其著名的作家納辛．辛克美（Nazim Hikmet Ran 1902-1963）就是這樣形容土耳其。他寫了一首名爲《邀請》的詩：

邀請

從遠方的亞洲跟著馬奔跑過來
如馬頭一般往地中海伸出去的
這個國家，是我們的。

手肘帶血、咬緊雙唇、赤裸雙腳
土地彷彿是絲製成的地毯
這個地獄，這個天堂是我們的。

把陌生人的門關上再也不開
弭除對他人的奴役
這是我們的邀請⋯

生活宛若一棵樹木獨立而自由
同時又如一片森林相親相愛
這是我們的懷念⋯

仔細看世界地圖，會發現土耳其形狀好似馬頭一樣，從亞洲往歐洲的方向伸出去。所以詩人在詩裡這樣形容土耳其的土地。這首詩對每一個土耳其人來說，具有極大的意義及影響力。字裡行間可以感受到土耳其人對自己土地的愛，與過去的痛苦人生。這個文學作品還強調了自由的重要性，以及團結的力量。

土耳其歷史中有許多這樣的詩，道盡各種各樣的故事獻給我們的社會。每一首詩皆有不同的感受與心情。關於愛情、痛苦、懷念、戰爭時代等主題，讓土耳其人既感動又驕傲。

當然，除了這些比較感性、悲壯的詩，也有很多歡愉快樂的主題，尤其是以勝利為題的詩，總是讓土耳其人感到特別激昂與榮耀。土耳其的詩文化類似於中國的唐朝時代。唯一的差別是，中國的詩鼎盛於唐朝時期，發展快也特別有影響力。每每說到唐朝，大家會能略說一二著名的詩及文學。然而土耳其的詩在不同時代都有廣泛的出現，每個時代有各自的語言表達方式，但是最興盛、最有影響力的詩，是從土耳其共和國建立之後（西元一九二三年）才開始發展的。

不可以逾越的恰納卡萊

土耳其是一個橫跨歐亞的國家，像橋樑一般接壤西邊的歐洲與東邊的亞洲。這麼獨特的地理位置讓土耳其每一個時代都受到不同文化及族群的影響。過去的絲路、香料之路都曾經過土耳其。近幾年中國大量投資的「一帶一路」計劃也將土耳其視為重要一站。

世界上另一個跨越歐亞的國家是俄羅斯，不過只有土耳其有兩個不同洲的海峽。其中最有名的是博斯普魯斯海峽（Bosphorus Strait）或稱伊斯

伊斯坦堡海峽

伊斯坦堡海峽

坦堡海峽（Istanbul Strait），有三十公里長。這個海峽真的很漂亮，尤其是親眼看過的話，讓人特別著迷。每次我去伊斯坦堡，一定會帶我家人去海峽走一走，享受充滿歷史故事的海景與藍天白雲。

從歐洲地區眺望亞洲，實在是一個獨一無二的體驗。這個美麗的海峽上有三座橋樑。第三座是二〇一六年蓋的。我爸爸常跟我說起一九七〇年代的故事，當時他們只能搭船過去對面。爸爸一直說，雖然伊斯坦堡現在更發達了，但是他很懷念以前更復古的味道。

如果從這些橋去往另一端時會發現一個很有趣的看板。歐洲這邊寫 Welcome to Europe，對面則寫 Welcome to Asia。

一個國家，跨越兩個洲就是老天爺送土耳其最大的禮物之一。

土耳其另外一個海峽也很有名，叫做達達尼爾海峽（Dardanelles Strait）或者以城市的名字稱之爲恰納卡萊海峽（Çanakkale Strait）。這個海峽長達六十一公里，目前仍在建設中，預計二〇二三年正式啓用。

說到恰納卡萊一定要知道這裡的歷史。因爲對每一個土耳其人來說，我們國家精神的一部分也是從這個區域發源的。

第一次世界大戰期間，此地發生了最血腥的戰役之一，土耳其人稱它「恰納卡萊之戰」。這個戰爭有很多不同的名字，有的資料則稱它爲加里波利之戰（Battle of Gallipoli）。一九一五年，大英帝國與法國協約軍欲強行攻入鄂圖曼帝國，造成

恰納卡萊烈士紀念館

一戰時填入兩百五十多公斤炸彈的土耳其軍人 Seyit Onbaşı 雕像

五十萬名軍人死亡。一開始協約軍派遣許多軍艦進入海峽，但是鄂圖曼帝國陸軍發揮了完善的砲火技術，不讓對手軍艦進攻太多就撤退了。

據說，就在大戰正如火如荼進行時，鄂圖曼軍隊的一個砲台出了狀況，沒有辦法自動填入新的炸彈。結果，有一個軍人把兩百五十公斤的炸彈舉起，放進砲台裡發射出去，擊沉協約軍的軍艦。目睹這件事的軍人因此信心被激發覺得可以打贏這場戰爭，果然，敵人還沒攻過海峽就撤退了。而且，這個時期鄂圖曼帝國在國際上的外號是「歐洲病夫」。沒有一個歐洲國家料想得到鄂圖曼帝國可以在海峽外成功防禦自己國土。

最後大英帝國發現無法攻過海峽於是轉換了策略。這次他們展開登陸行動，在加里波利半島上攻打鄂圖曼陸軍。大戰愈打愈烈！整個天空都交織著子彈。

大英帝國在加里波利半島上遇到行伍整齊的鄂圖曼軍隊防禦。大英帝國的武器與裝備在當時是最先進的，不過鄂圖曼軍人視死如歸、愈挫愈勇的精神，經過了多次的血腥衝突，最後成功擊退了大英帝國軍隊。這個世界最強軍隊的失敗震撼了全世界。歐洲其他帝國都以爲鄂圖曼

恰納卡萊烈士紀念館

帝國會很快投降，但大戰卻僵持至一九一六年。大英帝國軍隊因此無法越過海峽去幫助俄羅斯，導致俄羅斯十月大革命更早發生。

海峽的戰況完全改變了世界的政治局面，也讓勝利的土耳其人民開始更有自信。這場大戰中鄂圖曼帝國軍隊裡有一位表現相當出色的年輕將軍，在戰場上，他對軍人說：「我不命令你們打戰，我命令你們為國家犧牲！」。這位年輕軍官就是穆斯塔法．凱末爾（Mustafa Kemal）。也就是後來土耳其共和國的國父。恰納卡萊之戰使他成為了人民的新英雄。他給予土耳其人民一個全新的開始及團結的精神。

不論在世界歷史或土耳其歷史上，這場戰役都扮演非常重要的角色。預料外的勝利，讓鄂圖曼帝國重新受到國際的尊重。歷經敗戰不斷的帝國終於有機會慢慢站起來。雖然鄂國的勢力沒有延續太久，但是恰納卡萊戰役確實是使土耳其人民團結的要素之一。

大戰之後於是出現一句話：「恰納卡萊不可以逾越」！

今日我們也常常用這句話來形容土耳其人的堅持與對國家的愛。在大戰中發生的故事，和許多犧牲者永遠活在土耳其人的心裡。除了我們，澳洲跟紐西蘭人也因為這個大戰更認識土耳其的人民及歷史。雖然當過敵人，不過大戰結束之後，我們跟這兩國也重建了友好的關係。

如果有機會去土耳其旅行，記得要去恰納卡萊城市走一走。當時的戰場現在已成為觀光區。幾乎每個地方都有當年發生的故事可以述說。對土耳其人來說，這裡是國家最重要的歷史景點。

在我九歲的時候爸爸特地帶我跟妹妹參訪當年的戰場，還有許多的紀念堂。爸爸講述了土耳其人所經歷的，當時的我覺得很感動。整個戰場有許多值得看的區域，包含不同國家的墳墓與古蹟。戰場博物館裡，保留了在空中相互撞擊的子彈、武器及軍人們的衣服，有些衣服上的血跡甚至還在，讓人看了有一絲鼻酸。但是我們都知道，因為有他們的犧牲，才有現在獨立與自由的國家。

除了歷史景點之外，恰納卡萊還有美麗的自然風景。車子、巴士等都可以上船搭到對岸，在船上可以欣賞整個海峽的景色，也可以看到對岸山上用石頭刻寫的「Çanakkale geçilmez」（恰納卡萊不可以逾越）這行字。另外，靠愛琴海的小鎮都很漂亮，居住人口不多，生活相對悠閒。愛琴海沿岸可以散步，在地的海鮮料理更是另人讚嘆。春天開始是愛琴海地區最美的時候，也是最適合度假的時間。此外，這裡還有世界有名的古城——特洛伊（Troy）。

★日出之地：安納托利亞 Anadolu

土耳其位於亞洲板塊的土地叫做安那托利亞，土耳其文爲Anadolu。土耳其土地有百分之九十七是屬於這裡。安那托利亞的名字來自古希臘文「ανατολή」，意思是「太陽升起的土地」。經過好幾百年後，慢慢變成土耳其語的Anadolu。Ana是母親的意思，dolu則爲充滿，或可以翻成豐富。對土耳其人而言安那托利亞好像是媽媽一樣溫暖，保護我們，餵養我們最好吃的水果及蔬菜。

這塊土地是世界上誕生最多文明的地方之一。如果真要寫安納托利亞的歷史，可能得花好幾年功夫研究才行。安納托利亞歷史超過五千年。這麼大的區域，幾乎每一個角落都看得到來自不同族群留下的蹤跡。我們常常

位於塞爾丘克小鎮的聖母瑪麗亞住所

說，安納托利亞是世界最大的露天博物館。歷史上許多王國爲這塊土地犧牲了好幾萬名軍人。

古希臘有許多傳說的由來也是出自安納托利亞。這塊土地上孕育了很多國王、哲學家。亦是木馬、諾亞方舟、聖母瑪利亞的家，及世界最古老的教堂之一（Saint Pierre）、聖誕老人（St. Nicholas）的家鄉。葡萄酒及錢幣的發明也都是在安納托利亞。

世界上最有名的將軍、政治家之一：尤利烏斯凱撒（Julius Caesar）的名言：「我來，我見，我征服。」這句話就是在安納托利亞說的。集結上述所提到的，我相信大家會更容易明白安納托利亞舉足輕重的悠久歷史。

土耳其人口的百分之八十以上住在安那托利亞，除了三個地區，其他七十八個城市都在這塊土地上。伊斯坦堡、恰納卡萊有一半是屬於安納托利亞。我們的首都安卡拉（Ankara）也剛好在安納托利亞的中間。

安納托利亞的西部是愛琴海，南部是地中海，北邊有黑海。還有與色雷斯之間世界最小的內海——馬爾馬拉海。每一個世紀都吸引不少族群來安納托利亞定居。從匈奴人到羅馬人，從古希臘人到波斯人，都是把這裡當成自己的家。

在古希臘、古羅馬時代，安納托利亞沿岸有許多重要的貿易城市。現在於愛琴海、地中海還可以看到當時遺留下來的建築及古城。二〇一五年我帶老婆到地中海沿岸，看到很多美麗的古蹟，她驚訝地說：「以前沒想過

老婆享受地中海的美景

原來土耳其南部這麼漂亮，而且很有歷史味道。」

到底是歐洲還是亞洲？

寫這麼多關於歐亞板塊的土耳其之後，可想大家想要問什麼：

「吳鳳，土耳其到底是歐洲還是亞洲國家呢？」

這個問題是我在台灣最常被問的問題之一。不過真的很難回答，不論土地位置的話，其實土耳其的國情並不是很亞洲，也不是非常的歐洲。聽起來有點複雜，但事實確實是如此。如果你們先到過歐洲再去土耳其旅行的話，會覺得土耳其其實跟歐洲有很大的差別；反之，若旅遊了亞洲及中東地區後再到土耳其的話，也會發現土耳其與這些地方有許多不同之處。

其實簡單來講，在土耳其可以同時感受到歐洲及亞洲的風格、特色，但沒有辦法直接說土耳其是歐洲還是亞洲國家。對我而言，土耳其是一個綜合型國家。例如：土耳其東南部的城市由於受到中東文化影響，人的長相及語言也是與之有關連的；在西部，當地人長相就很類似歐洲人；到了北部，人的鼻子較大；而黑海地區的東部口音則與其他地方都不太一樣。土耳其總共有七個地區。每一個地區的氣候、地形、歷史、文化及美食都大有不同。西部人比較像歐洲，往東走的話，會開始遇到其他族群，包括阿拉伯人跟庫德族人。

各式各樣的文化融合在一起是我們最大的財富。也是土耳其最大的特色。

那，我呢？我就是屬於歐洲板塊色雷斯地區，所以算是歐洲人。但是相較德國、法國、英國等國家的人，我還是有很多的不同。從宗教信仰、政治、歷史思想皆有明顯差別。那跟土耳其東部的人有差別嗎？絕對也有！從開放的思想、教育水準、家庭背景、平均收入等方面做比較，顯而易見地，西部的土耳其人還是比較偏向歐洲人。

我老婆第一次來到土耳其，看到這麼多不同人種的變化覺得非常驚訝。土耳其人的臉孔有很多種。例如，我爸爸是綠色眼睛，阿嬤是藍色眼睛，但是我和妹妹都是咖啡色的。

我老婆第一次見到我妹婿時，以爲他是印度人，但他其實是膚色較黑的土耳其人。這些是很常見的現象。我在土耳其國內旅遊時，甚至有些人以爲我是來自歐洲的觀光客。

我與家人在海邊的度假小屋陽台

反觀小小的台灣也有很多變化及不同文化、種族的融合。但是以相貌來說，土耳其人的變化比較多。我們自己其實也不是很清楚，一百年前我們的祖先發生什麼事，但中國人大多都還蠻清楚的知道以前祖先及家族的背景。不得不說中國人在這方面還挺厲害的。原因其實很簡單，因爲中國人很早之前就開始記錄家族的歷史，族譜在各個家庭中還算常見。但土耳其人是遊牧民族，文字的發展起步較慢。

★兩千多年的歷史！

大部分的人聽到兩千多年的歷史，第一個想到的不外乎是中國、埃及與印度。其實除了這三個文明歷史外，土耳其歷史也是相當悠久。而且這個數字不是我寫的，是出自中國人！這個資訊很多人都不知道，所以我相信讀者朋友們也會很驚訝。

其實土耳其人的祖先與中國有很密切的關係。在中國的歷史記載裡，常出現我們祖先的生活及故事。如果土耳其現在沒有漢學系的話，我們也難有辦法知道自己歷史的由來跟發展。

一九三五年安卡拉大學成立了漢學系，原因就是爲了研究土耳其人的祖先及歷史背景。從那時起，有許多歷史學家開始考察中國人的文獻資料，透過翻譯讓土耳其人民更瞭解自己的過去。

土耳其人的祖先

中國歷史記錄裡並看不到「土耳其」這三個字，因爲這是後來才出現的名字。我們祖先在中國歷史上稱突厥人。聽到突厥我相信大家覺得很熟悉，在台灣的歷史課本裡也看得到這個名字，只是鮮少人知道突厥人是土耳其人的祖先。

突厥人是亞洲遊牧民族之一，與新疆人、哈薩克人、土庫曼人等屬於同一個血統。一開始突厥人在亞洲的時候，臉孔、生活習慣跟這些族群還挺接近的。後來他們往西前進，開始接觸更多的新族群，也漸漸受到其他文化的影響。所以，現在的土耳其人的輪廓和生活方式與中亞人很不一樣。

1810 年土耳其營地 / THE NEW YORK PUBLIC LIBRARY

依據中國的歷史資料，突厥人第一次出現是在西元前六百年的匈奴軍隊。匈奴軍隊裡有不少突厥人，尤其是在主要的戰鬥位置。原因是因爲突厥人擅長騎馬，加上善用弓箭。突厥人在軍事方面對亞洲的影響非常的大，古代有很多故事及傳說，都是在誇耀突厥人驍勇善戰的精神。

到了西元五五二年，阿爾泰山脈的東部建立歷史第一個帝國——突厥汗國（Gokturks），從這個帝國開始，突厥人在亞洲的影響力越來越大。

西元七三〇年，突厥人在外蒙古的兩個石碑刻上鄂爾渾碑銘，第一次出現「突厥」這個名字。這個歷史記錄對現在的土耳其人來說很重要。

鄂爾渾碑銘於一八八九年被發現，吸引了很多歷史家研究突厥人的歷史及文化背景。而且有一部分碑銘是以中文刻寫，代表漢人與突厥人的文化彼此息息相關。

於突厥汗國之後，突厥人在亞洲陸續建立過一些的帝國。他們在前前後後建立過的帝國超過一百二十個。這些帝國大部分都在中亞，且幾乎都在漢人的土地境內，歷史上發生很多突厥與漢人的戰爭。但不打戰的日子當然還是有文化的交流，有的突厥國王娶漢人的美女爲妻，也這樣慢慢被漢人同化。其實這是漢人的一個策略，看似是一個長遠計劃，但事實上非常管用。漢人的人口當時並不多，這個策略讓漢人更容易控制突厥人，與漢人通婚後約一百年內就完全被同化了。

歐洲民族大遷徙

氣候的變化，加上戰爭、災難不斷都影響了各個中亞族群。與突厥人同是遊牧民族的族群受到最多波及，沒有辦法長久在同一個地方持續生活，最後只好開始往西方的新土地前進。

這個遷移從西元三〇〇年開始直至八〇〇年。這五百年來，他們不斷的往西移動，也將周遭的其他族群一起往西推進。於是好幾百萬個人開始融合在一起。歷史上稱作「歐洲民族大遷徙」。

歷經五百年的大遷徙改變了中亞及西方的生活，連當時世界最強大的羅馬帝國也無法倖免，西元三九五年時分裂爲西羅馬及東羅馬。到了四七六年西羅馬已經完全消失。接下來的一百年，全歐洲出現許多衝突，進入非常混亂的時代。

除了民族以外，歐洲的語言、宗教、文化等都因爲民族大遷徙受到很大的影響，不同血統的接觸與融合，碰撞出新的族群。突厥人一開始有亞洲臉孔的特色，從這時候慢慢開始改變。現在的土耳其人幾乎擁有來自全世界不同的面貌，大遷徙也是主要原因之一。

突厥人從中亞往西方的遷徙過程中，因爲與阿拉伯人的接觸開始認識伊斯蘭教。因此十世紀開始很多突厥人變成了伊斯蘭教徒。接下來的幾世紀，阿拉伯人、波斯人跟突厥人的文化交流越來越廣泛，尤其是語言方面的影響特別多。而有許多那個時代的藝術及文字作品，幾乎都留有中東地區及伊斯蘭教的影子。

今日土耳其文裡許多字詞源自阿拉伯文。但還是要澄清一下，大部分土耳其人並不會講阿拉伯文，它們是完全不同的語言。順帶一提，波斯文也是另外一個獨立的語言系統。

兵家必爭之地

從中亞一路往西的突厥人，最後到了現在的土庫曼斯坦。西元一〇三八年在這裡建立起歷史上強大的帝國之一：塞爾柱帝國。這個帝國從波斯人的土地開始往西方尋找新空間定居下來。

一〇七一年八月二十六日，塞爾柱帝國的軍人在安納托利亞東部遇上東羅馬帝國的軍隊，戰爭一觸即發。這個戰爭叫做曼齊刻爾特戰役。發生地點位於現在土耳其的一個小城市馬拉茲吉爾特（Malazgirt），對方約有二十萬名軍人，而塞爾柱帝國的國王阿爾普·阿爾斯蘭的軍隊卻只有四萬名。戰爭當天就結束了。塞爾柱帝國一開始將有限的人力再分爲兩個小隊，其中一個軍隊正面攻擊東羅馬軍，但同時派遣另一軍隊偷偷從後方包圍東羅馬軍。塞爾柱軍假裝撤退，東羅馬軍以爲他們已經戰勝，就當他們想繼續追捕塞爾柱軍隊時，塞爾柱軍隊已經在東羅馬軍後方守株待兔，到了適合攻擊之際，塞爾柱軍隊用盡全力從後方攻擊東羅馬軍。當晚，東羅馬軍就投降了，而且損失非常慘重。大戰中塞爾柱帝國軍隊運用的策略相當聰明，再加上國王也親自參加大戰，整體表現相當出色。

東羅馬國王羅曼努斯四世（RomanosIV Diogen）在戰場被俘，一開始他以爲塞爾柱國王阿爾普·阿爾斯蘭會羞辱他或者立馬殺他。但是一直以來突厥人的戰爭文化有尊重敵人的風度，所以國王阿爾斯蘭最後原諒他，釋放他回家。但就在羅曼努斯四世返國後，米海爾七世已被擁立爲唯一皇帝，羅曼努斯四世被拷打、囚禁，最後死於監獄裡。

曼齊刻爾特戰役成功後，突厥人第一次進入安納托利亞地區，是土耳其歷史上算是重要的轉捩點之一。往後的日子，安納托利亞慢慢成了突厥人的新家。很多歷史學家覺得，若當時塞爾柱帝國輸掉這場戰役的話，很有可能土耳其這個國家現在就不存在安納托利亞了。

隨著突厥人正式進入安那托利亞及中東地區，開始控制世界最重要的兩個貿易路線：香料之路及絲路。除此之外，中東很多基督徒的聖地也被突厥人侵占。這個大轉變對歐洲的帝國來說很難以接受。所以他們開始重新整頓軍隊，想辦法把突厥人趕出安納托利亞。

歐洲人爲了重新收復土地，從一〇九五年到一二七二年進行了九次的十字軍東征，仍沒辦法成功。卻影響了全世界的經濟與政治型態，許多好萊塢電影都曾描述這個時代的衝突與故事。

即便發生過這麼多的衝突，塞爾柱帝國的影響力仍然持續到了一○九二年，直到阿爾斯蘭的兒子馬立克沙一世（Meliksah）被殺之後，整個塞爾柱帝國才開始式微。自一○九二年到一一五七年，短短的六十五年內大帝國逐漸走向滅亡，最後被花剌子模帝國（Khwarazmian dynasty）併吞。雖然塞爾柱帝國自此失去權力跟土地，但並不代表突厥人離開安納托利亞。

一○七七年在安納托利亞重新出現一個新的帝國——魯姆蘇丹國（Sultanate of Rum）。承接了安納托利亞兩百多年的管理，留下來許多功績，對土耳其人的歷史來說也佔有一席之地。包含清真寺、橋樑、學校等興建，至今大部分都還保存的不錯，是很多觀光客慕名而來的名勝古蹟。

君士坦丁堡被征服 / The Metropolitan Museum of Art

鄂圖曼帝國崛起

魯姆蘇丹國的盛世直到一三〇八年被蒙古人打敗後就瓦解了。接下來的幾個世紀，安納托利亞開始出現一些新興小國，有點類似中國的三國時代，小國之間相互鬥爭。而小國裡的其中之一對很多人來說相當的熟悉，那就是鄂圖曼帝國。

鄂圖曼帝國從一二九九年到一九二二年，影響世界的政治經濟長達六百二十三年。尤其是從一四五三年開始至一六八三年，爲鄂圖曼帝國在世界上的鼎盛時期。同時因爲控制絲路、香料之路，爲帝國快速帶來財富。也使鄂國變成歐洲與亞洲之間的文化橋樑。許多東方的物產例如米、茶、陶瓷、紙、絲、寶石等，經由這些路線到了歐洲。以及宗教的交流也讓歐洲人更認識伊斯蘭教。

鄂圖曼帝國時代必須從不同的角度切入研究。因爲各個時段皆有不同的發展與政策。一二九九年開始至一六八三年間是鄂國的發展時期，不論經濟、政治及軍事方面都相當的強盛。

افراسیاب رستمله جنك ایدوب رستم اوزنه
اندن قاچوب یره اوردوسنه

کمری پایمال اولیوب قالدی افراسیاب یره دوشجه رستم نیه پنجه سنا اجوب قریه یه اما تا شدیدوکی
بیدی کنکره لی تاج النه کلدی افراسیاب کندوسن اوغرلیوب آت آیاغی آلتنه رستم قرشوب
زهی کندوکی بلوا اولمدی لشکر بو حالی کوروب یوزن قاچمغه دوتدلار ترکستان لشکری
قچدی خیمه و بارگاه صلب ایران عسکری اولویدی درلدی دری بیدی باشلوا زادر رها
اولدی ترکستان لشکری ستونلیو قازدلار کمر دریث کومللث یول آردندن قوودلار جهان
صوینی اوزنه کچوردلار دونوب کلوب صنغن لشکرلک دردنن الن بری جمع ایتدلار پادشاه همچون
تخ بلب حجره لرده لا ان لشکر فتن ایدوب اندن کلوب پادشاه کیقباد ایران
شهرینه کلوب جمیع کبار اعیان قرشو کلوب پادشاهوك آیی ایاغنه الته
قوماتلدو وشدب شاد کلدوك شاد کنوردك کنوردك دولار

鄂圖曼帝國征服越多土地，就控制越多民族，包含阿拉伯人、亞美尼亞人、猶太人、庫德族人等等。尤其在這三百年間，勢力更滲透於中東地區。今日在中東的各個國家，仍可以看得到鄂國統治時遺留下來的建築。

統治這麼多族群，造成抗議及不滿是難免的。但是鄂國的管理方式，賦予少數民族很多自由，讓大部分的民族願意被突厥人統治。反觀今日看中東地區的動亂，讓人再一次佩服鄂國當時的管理政策。

到了一四五三年，鄂圖曼帝國再度改變了世界的未來。國王穆罕默德二世（Fatih Sultan Mehmet）征服了君士坦丁堡（伊斯坦堡舊名）。宣告世界新的主權是鄂圖曼帝國。當時許多西方帝國沒有想過君士坦丁堡會被攻破。這場戰役，鄂國是世界上第一次使用大砲的軍隊，這些大砲都是鄂圖曼軍人設計的。

君士坦丁堡被征服之後，成了鄂國的首都。接下來的兩百年，君士坦丁堡繼續影響世界的科技、貿易與藝術。也使猶太人、基督徒、伊斯蘭教徒一起生活在這地。許多伊斯蘭教建築也開始聳立在伊斯坦堡的

穆罕默德二世 / The Metropolitan Museum of Art

各個角落。

鄂圖曼帝國花費許多時間、精力去維護其他族群的文化與建築。穆罕默德二世給予少數民族很多空間，沒有壓迫任何一個宗教或族群，再加上他熱愛藝術，所以更努力讓伊斯坦堡成爲世界藝術及文化中心之一。他的視野與支持自由的態度，完全改變了鄂國的未來。展開接下來兩百年的黃金時代。

當時鄂圖曼帝國國旗上有三個月亮，代表了歐、亞、非三洲受到鄂國軍事及政治上的管理。不過控制這麼大的土地非常不容易，還需要花不少經費供養軍隊。鄂國當時在國際上的角色有點類似現在的美國。原先一個小小的國家，不到兩百年時間變成了世界最強的帝國之一。許多手工藝品、音樂、服裝等帶起的新風格，吸引了全世界讚賞的眼光。很多伊斯蘭教的藝術品及古董，從埃及搬移到現在的伊斯坦堡。這個時期也是在地美食及躍上國際的起點。塞爾維亞、匈牙利、馬其頓共和國、希臘等國家，至今還可以看得到鄂國時代遺留下來的建築。

歐洲勢力的威脅

到了一四五三年，對鄂圖曼帝國來說是一個轉捩點。這時帝國的影響力越來越大，全世界的伊斯蘭教文化及大部分的貿易都被鄂國所控制。接下來的兩個國王——塞利姆一世、蘇萊曼一世將鄂圖曼帝國的版圖擴張到最大。

同時，歐洲人發現了新的貿易路線，特別是在一四八八年發現好望角之後，全世界的貿易開始通往這條新路線，以往歐洲人經商貿易必須經過鄂國土地，且會被收取高額關稅，但是發現新路線後，歐洲人再也不需要依賴鄂國，反倒可以自己決定新的貿易政策。另外，歐洲帝國主義招攬了許多國家資源及人力。從宗教到語言，歐洲勢力從非洲到印度漸漸統治世界各地的族群。

當時歐洲有一些探險家航行至亞洲，包括：瓦斯科達伽馬、麥哲倫、馬可波羅。這些探險家的發現讓歐洲人大開眼界。促使東西方的交流越來越頻繁，有更多的溝通、生意，也讓歐洲帝國也願意花更多金錢及人力研究東方文化。鄂圖曼帝國一開始不是很在乎這個新變化，他們覺得不論如何，歐洲人不可能超越鄂國的力量，也拒絕了當時新穎的機

伊斯坦堡港口 / The Metropolitan Museum of Art

器傳入。許多伊斯蘭教徒較封閉，不愛與歐洲人往來，他們不斷強調歐洲人的發明都是惡魔做的，不願意瞭解世界的新發展與進步的科技。一開始沒有人發現這個大錯誤，但不料，兩百年後，鄂圖曼帝國就完全被淘汰了。

一七六〇年開始的工業大革命，大英帝國成了世界的新老闆。這時很多英國軍隊也被派遣到世界各地找尋新資源，包含中國、印度、東南亞等。

民主主義也在這時候很快的傳入鄂圖曼帝國。許多不同民族開始想要擁有自己的國家，於是向鄂國抗爭。歐洲人利用此機會，提供武器給這些族群，給予政治上的支持，讓他們進行獨立戰爭。

這個策略十分奏效，鄂國再度與歐洲帝國發生戰爭，土地一塊一塊慢慢失去。經過這麼多的衝突與經濟腐敗，歐洲人於是給了鄂國一個外號——歐

鄂圖曼帝國戰爭 / The Metropolitan Museum of Art

洲病夫。

十九世紀的鄂圖曼帝國很像中國晚年的清朝，政府腐敗、軍隊落後，已經沒有辦法管理自己，所以歐洲人趁虛而入。英國、法國、義大利、希臘及俄羅斯，開始侵略鄂圖曼帝國的土地。

鄂圖曼帝國政府漸漸式微，國內的環境也越來越糟糕。雖然西方人已經佔領大部分的土地，但大多數人不想要被歐洲軍隊統治，尤其是愛國主義者仍想持續抗爭，死命守護自己的土地與自由。

在一切越來越不樂觀的時候，一位軍人與他的朋友們發起獨立戰爭。他們曾經在鄂國軍隊裡表現非常突出，尤其是一位金髮、藍眼睛的這位軍人，重新團結土耳其民族精神，一起對抗這些外來的軍隊。他叫穆斯塔法·凱末爾，也就是日後土耳其人的孫中山！

國父 穆斯塔法凱末爾

土耳其國父凱末爾

穆斯塔法．凱末爾（Mustafa Kemal）是土耳其歷史上最重要的人物之一。只要說到土耳其歷史，一定會提到他的名字及其重要性。他對於土耳其的改革與開放的現代思想，曾被許多國家領導人誇獎過。

足智多謀的領導者

一八八一年，凱末爾在希臘的城市塞薩洛尼基（Thessaloniki）出生，當時希臘是鄂圖曼帝國的一部分。中學時他便進入軍人學校，畢業後加入鄂圖曼帝國軍隊。他親自參與了當時的多起戰役。在軍隊中的表現

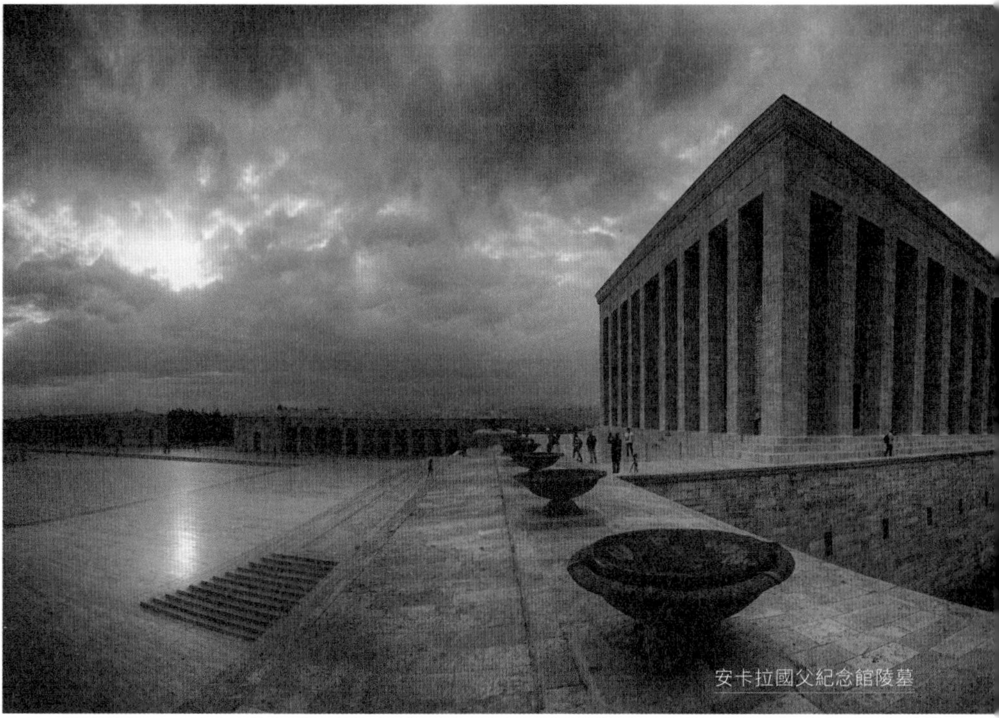

安卡拉國父紀念館陵墓

相當出色，所以很快的，被鄂國派遣到利比亞參加義土戰爭，隨後一路晉升爲少校。他的管理技巧及領導能力最令人讚賞，名氣迅速地傳至海外。

一九一四年凱末爾參與第一次世界大戰。他非常成功地領導鄂圖曼帝國軍隊，抵擋大英帝國進入恰納卡萊海峽。大戰中他做了許多關鍵的決定，改變了大戰的走向。名聲因此躍上國際，世界各個帝國開始注意到凱末爾這個名字。

在恰納卡萊戰役中，屬於同盟國的鄂圖曼帝國戰勝，但是後來因爲一戰德軍戰敗，所以鄂圖曼帝國也被連累。協約國開始攻佔鄂國的土地。當然，首當其衝就是伊斯坦堡。

英國軍隊抵達伊斯坦堡的那一天，國父凱末爾跟他的朋友在岸邊聊天，朋友問他：「你看敵人的海軍已經在伊斯坦堡了，該怎麼辦？」凱末爾很

凱末爾聆聽人民心聲

平靜的回答：「Geldikleri gibi giderler!」意思是他們怎麼來，就會怎麼離開這塊土地！

在這樣危及的情況下，少有領導人能保持冷靜。不管國家的狀況怎麼樣，凱末爾覺得一定有勝算。其實這就是他最大的特色之一。當時他面對大軍非常有自信，一邊觀察敵軍，一邊規劃接下來要做的事。

凱末爾先生跟愛國的人民一樣，捨不得看到自己的土地被他國的軍隊佔領。而且鄂國當時已把主要的控制權交給敵方管理，大部份的武器被沒收，人才也越來越少，勢力根本不及西方軍隊的攻擊。甚至有鄂國的長官開始與西方勢力合作，出賣自己的國家。有的長官還討論是否要接受讓英國或美國統治。

不自由，毋寧死

但是凱末爾沒辦法接受任何其他國家統治土耳其。他一直覺得人民一定要有自由獨立的國家。他曾說：「Ya İstiklal ya ölüm!」（不自由，毋寧死！）這句話道出土耳其人民追求獨立自由的精神。

但是後來鄂國的情勢已無法帶給人民新的未來，所以凱末爾決定與其他愛國主義者一起發動獨立戰爭。對他來說，帝國時代已經結束。這時的狀況，其實跟中國清朝末年很類似。凱末爾與孫中山的認知都是希望人民可以在自己的土地上享受自由，這不是其他國家可以給你的。

所以就在鄂國局勢越來越糟糕的時候，凱末爾拒絕了鄂國給他的新任務，於是離職與一些朋友開始規劃獨立戰爭。他們認爲土耳其人民不會輕易投降。只要團結人民，做好準備，打贏這場仗，不是難事。

此事讓帝國的國王及官員們非常不悅。他們發現凱末爾有新的企圖，馬上公佈了追補令想要阻止他，抓到的話就是死路一條。

凱末爾很清楚知道，獨立戰爭不能從伊斯坦堡發起，因爲敵人最多的地方就是伊斯坦堡，在那規劃戰爭風險很大。後來他決定去安納托利亞，宣傳自己的理念與未來的新規劃。

一九一九年五月十九日，他到了黑海地區的城市薩姆松（Samsun），正式開始運作獨立戰爭。這天而後成爲土耳其特別節日——紀念國父、青年暨運動節（Atatürk'ü Anma, Gençlik ve Spor Bayramı）。

發起獨立戰爭

不過抗戰並不是隨即開始。首先，凱末爾跟

軍人朋友一起造訪好些城市，宣傳獨立戰爭的重要性及籌備。過去在戰場上的表現及領導能力，使他不論走到哪裡都大受歡迎，得到人民的支持。

許多地方的領導人也幫忙收羅資源及武器。雖然大多的武器被大英帝國沒收了，但是他們還是極力找出僅存的，甚至人民開始製作簡單的槍和子彈。更是有許多安納托利亞人捐出自己的財務，竭盡所能提供所有資源給凱末爾新軍使用。

凱末爾的新策略成功帶動土耳其人民。大批滿十八歲的年輕男性加入新成立的軍隊，年紀稍大的開始在兵工廠工作，女人則在家製作衣服供應軍人。短短的幾個月內，團結起整個安納托利亞地區一起對抗敵人，完全出乎協約國與鄂國首長們的意料。

從一九一九至一九二二年，土耳其各地區被義大利、法國、英國和希臘軍隊侵佔。不過，獨立戰爭越演越烈，即或敵軍的強大勢力，人民奮力為著自己的國家與自由而戰，連七、八十歲的人、女性都奔向戰場迎戰。

安卡拉國父紀念館陵墓

安卡拉國父紀念館陵墓

終於在一九二〇年四月二十三日，在安卡拉成立了土耳其大國民議會。凱末爾將這個日子定爲兒童節。他認爲新國家最大的力量來自年輕人，他們是土耳其的未來。所以現在每年的四月二十三日，我們會邀請世界各地的小朋友到土耳其表演，與我們一起慶祝兒童節，可以說是一個文化交流的日子。

當時鄂圖曼帝國仍在伊斯坦堡觀察獨立戰爭的狀況。協約國的將領們也越來越擔心，無法成功將土耳其土地攻佔。土耳其各城市皆有爲國犧牲生命的英雄。凱末爾領導戰爭的能力很厲害，連敵人的將軍也誇獎他的表現。於安納托利亞發生的大小戰爭，最後所有的敵人都紛紛撤退。在這個狀況下，凱末爾馬上頒布了歷史上最重要的命令：「Ordular ilk hedefiniz Akdenizdir, ileri!」（軍人們！你們的第一個目標就是地中海，前進！）

這個命令讓土耳其軍人將敵人逼到西部的伊茲密爾（İzmir）。一九二二年九月，剩下留在伊茲密爾港口的敵軍，也都真的跳海逃走了。這個時刻對土耳其人民來說，是代表自由的第一步。

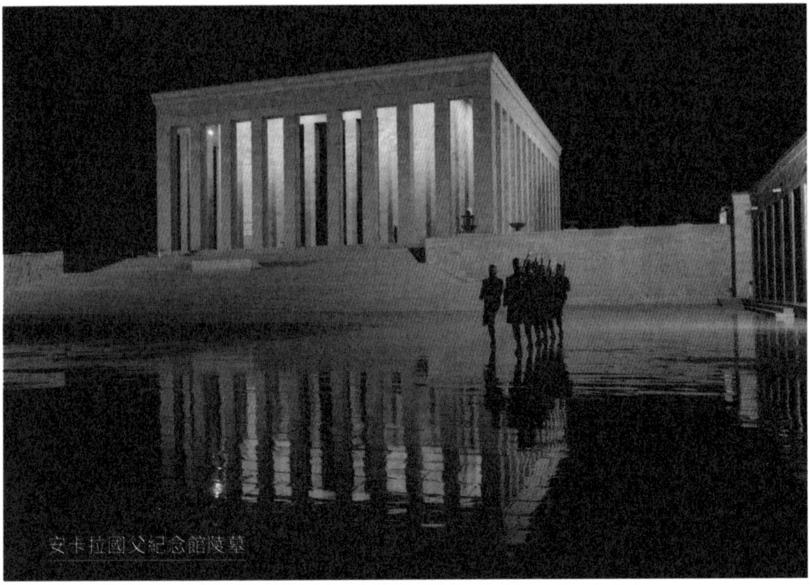

安卡拉國父紀念館陵墓

協約國被凱末爾的軍隊打敗後，鄂圖曼帝國的國王也很害怕，立刻搭上大英帝國的船，離開伊斯坦堡。印證了凱末爾說的話！敵人慢慢的離開了土耳其人的土地。

獨立戰爭正式落幕後，一九二三年七月二十四日在瑞士的洛桑，土耳其與協約國簽訂了《洛桑條約》。因此確立了土耳其的新疆界。《洛桑條約》中土耳其放棄了其他在阿拉伯地區的領土（今日伊拉克的摩蘇爾）和賽普勒斯。同時也取消了亞美尼亞的獨立和庫德族的自治。

建立土耳其共和國

一九二三年十月二十九日，凱末爾成功建立了土耳其共和國，安卡拉成爲首都。凱末爾也成爲土耳其的第一任總統。而這一天就是土耳其的國慶日。新的法案《姓氏法》施行，人民才開始擁有姓氏，國會賜予凱末爾「Atatürk」一姓，意思就是土耳其人的祖先。從這個時候開始，土耳其人稱他爲國父（Atatürk）。

凱末爾自一九二三年開始施行許多改革。從服裝到字母，從教育到憲法，重新創造一個國家。尤其重視教育制度及思想開放，鼓勵各地方政府設立新學校。不出十年，徹底翻轉了土耳其人民的生活。許多人開始工作、年輕人認真讀書，經濟漸漸步入穩定。

世俗主義——凱末爾最重要的改革之一，也就是實施政教分離。如果沒有這項改革，土耳其可能會變得像阿拉伯國家一樣，封閉又過度保守。

在阿拉伯國家，可蘭經就是憲法，而不是現代的法律制度。凱末爾很堅持土耳其人民一定要享受自由的信仰及公平的憲法，不然國家一定會遇到許多衝突，而且人民無法突破封閉的視野。

凱末爾主張不要完全以教條來栽培年輕人。宗教的功能是給人安全感與力量。但若一個年輕人完全封閉在一個宗教裡，這樣一來，就無法擁有開放及自由的想法。

這個顛覆性的改革被眾多保守人士抗議。鄂圖曼帝國時代幾乎所有事情都需依照宗教的安排，但凱末爾完全改變了這項做法。我個人認爲這是很棒的變化。

除此之外凱末爾還給予女人更多的自由，一九三四年土耳其女性享有投票權。這是當時最大的政績之一。

土耳其社會因國父成功完成改革之後，有了很大的不同。土耳其人以現代化的思想來判斷自己的生活，許多伊斯蘭教的女生穿著時髦的服裝，或者生活方式相當自由。雖然有些觀念仍然比較保守的地區，女生會穿戴頭巾。土耳其的憲法是給大家自由，而且婚姻制度是一夫一妻制，不像其他伊斯蘭國家，對於女性有許多限制，例如沒有投票權、不能開車、一夫四妻等不合理對待女性的政策。土耳其這方面算是世界最開放的伊斯蘭教社會。凱末爾的改革與政治思想，提供了土耳其女性完全自由的環境。

其實每一項改革目標都是一樣的，爲了讓土耳其共和國變成一個幸福和平的國家。人人生而平等，享有一樣的權利和照顧。簡單來講，公平的生活。

一九三八年，凱末爾的健康每況愈下。大半輩子都在戰場的他，沒有好好照顧自己。到了十一月，

他走了。他的離開，讓全土耳其人民傷痛欲絕。

他曾說：「有一天我的身體會變成土壤，但土耳其共和國永遠存在。」

感謝國父凱末爾，讓土耳其民族擁有一個開放的國家。

在土耳其有不少街道以凱末爾命名，也有Atatürk大學等等。我們真的很懷念他，希望可以一直珍惜他留下來的力量，跟我們獲得的自由。

有機會的話，可以到安卡拉參觀國父紀念館。這個建築真的很迷人，也非常雄偉壯觀。裡面收藏了許多國父的衣服及私人用品，還有來自其他國家的禮物、無價古董。裡面氛圍平靜。不管哪一國人，都會被國父的故事及人生深深激勵。

最後，分享一句國父曾說的話：「最愛自己國家的人是最認真工作的人！」

★老天爺的禮物

土耳其除了悠久的歷史與文化，地形和自然資源也相當豐富。我們生活的這塊土地，就是老天爺送給土耳其人最大的禮物。

如果有人問我：「吳鳳，土耳其最大的特色是什麼？」我會說：「在土耳其可以享受到四個季節的變化，每一個季節的特色都很明顯。」或許有些人會覺得還好，不過說真的，如果體驗過土耳其四季的美，一定會愛上。

春天

春天是土耳其最綠的時候，雖然常下雨，但不算太冷，

土耳其有很多珍貴的花種

三月有時還有機會下雪。土耳其有一句諺語：「Mart kapıdan baktırır, kazma kürek yaktırır.」意思就是三月看似溫暖，但在家裡還是得繼續燒木材。因此，請不要太早準備短袖衣物，過了三月後才能開始享受到比較溫暖的天氣。

春天的空氣特別乾淨，尤其是北部森林釋放出的大量芬多精。這裡的森林佔地長達好幾百公里，黑海沿岸山脈很適合探險，但是記得攜帶雨衣，春天時黑海地區的雨量較多。

黑海區域著名景點愛迪爾高原（Ayder）

與家人一起在馬爾馬拉海邊

夏天

土耳其的夏天算是乾熱，但是有些南部地區也會遇到濕熱的天氣。夏天平均溫度超過三十度。在南部及東南部有時超過四十度！這時我們都會往海邊或山上去避暑，不然真的受不了。

土耳其每一個區域有不同享受夏天的習慣。像我的家鄉靠海，所以夏天一到我們就會去玩水，較有經濟能力的人，會在海邊買個度假小屋，一到夏天到海邊悠閒度過三個月，有些經濟狀況更好的人，甚至會買艘遊艇。住在內陸或山區的人，則喜歡去高原度假消暑。

夏天最舒服的地方，是在土耳其的北部及東部。東部山區可以享受到涼快的天

姪子在愛迪爾高原挑戰刺激玩法

氣，但是因爲沒有海，所以只能在河流或湖泊裡游泳。北部地區擁有整個黑海，夏天可以好好游泳。黑海的海水水溫較低，鹽份含量不高，非常舒服，只是要留意海浪跟海流。

在土耳其很多生活習慣會跟著季節而改變，連電視台節目的安排也是。

例如，六月時學生們放暑假，因爲大部份的土耳其人到外地享受藍天白雲，因此留在家裡看電視的人少之又少，電視台收視率降低，所以這段期間只會播出小成本或是重播節目。

過完了夏天，九月對於土耳其電視台來說是一個新的開始，所有的大型節目及高成本電視劇會選擇在這個時候播出。

隨著天氣開始變不那麼熱，大家待在家裡的時間變長，電視收視率也會變好。

秋天

秋天天氣逐漸轉涼，樹葉黃紅交織。不過，南部一直到十月中旬都還是適合游泳的天氣，海水有點涼，但是很舒服。東部的山區比較濕冷。可以趁秋天到土耳其旅行，一方面因為氣溫涼爽，另一方面九月也是土耳其開學的時候，很多學生準備回學校，觀光區不會太擁擠，我自己也是最喜歡這個時候回土耳其。

冬天

冬天時，除了南部以外很多地區都會下雪，東部是最寒冷的地方，但雪景真的很美，尤其是山上的風景特別迷人。冬天土耳其人很喜歡玩

積雪的埃爾吉耶斯山

蘭莖粉飲料

雪，堆雪人。有些食物和飲料是冬季限定，像是烤栗子、蘭莖粉（Salep）、博薩飲料（Boza）等。

冬天離伊斯坦堡最近的觀光景點是烏魯達山（Uludağ）。這座山海拔有兩千五百公尺高，坐落於最有名的城市之一布爾薩（Bursa）境內。小時候我去過一次，景色真的非常漂亮，有很多度假飯店。到布爾薩的話，記得要吃在地的亞歷山大烤肉（Iskender kebap），非常美味。想要買伴手禮的話，最好的選擇則是栗子糖。

除了烏魯達山，我們還有很多地方可以享受冬季活動及風景：東部的帕蘭德肯山（Palandöken Mountain，3271 公尺）、中部的埃爾吉耶斯山（Erciyes Mountain，3916 公尺）都是國際級的滑雪聖地。

冬天還有另一個選擇，可以到土耳其的溫泉區放

從飛行傘往下看的費特希耶（死海）

鬆享受。最有名的溫泉在阿菲永（Afyon）、亞洛瓦（Yalova）、跟克孜勒賈哈馬姆（Kızlcahamam）。這三個溫泉都在不同的地域，分別有不同的風景與特色，溫泉飯店還會提供Spa服務。

來自北歐國家的人常稱讚土耳其的四季。他們一年能夠享受陽光的日子相當少，而且冬天很長。有一次我問瑞典的朋友：「你們到底有沒有夏天？」他說：「瑞典只有兩個月的夏天，而且海水一直很冰，沒辦法讓人好好享受游泳這項單純的活動。」冬天就更不用說了，常低於零下二十度。對我們土耳其人來說，真的沒辦法適應。也有人會問我：「土耳其有沒有沙漠？」其實我們沒有沙漠，反倒是鄰近的中東地區與非洲的特色，他們夏天真的熱到爆。

被海洋擁戴的國家

身爲一個半島國家，海洋對我們來說非常重要。將土耳其包圍的海洋，各有各的美麗及特色，形成原因也盡不相同。

黑海的海岸線較少開放，所以觀光客也不太知道這裡的特色。在八千年以前這裡是一個很大的湖泊，隨著地殼運動，反覆與地中海隔絕和連接。後來流入的水無法與原來含鹽度較高的水交流，讓湖裡的生態受到很大的影響，大量生物因此死亡。超過兩百公尺深度後就沒有氧氣，許多生物沒辦法生存。但還是有一些魚類倖免，歐洲鯷魚就是其中之一。所以黑海地區的鯷魚料理相當有名。

土耳其的海岸線總長八三三三公里，而且八成以上都適合游泳。幾乎每一個海岸都有沙灘，不過最漂亮的沙灘爲愛琴海、地中海，尤其是穆拉（Muğla）跟安塔利亞（Antalya）的海邊更是舉世聞名。

穆拉的愛琴海岸線上，有許多國際知名的城鎮適合度假，像是：博德魯姆（Bodrum）、馬爾馬里斯（Marmaris）、庫沙達瑟（Kuşadası）、費特希耶（Fethiye）等。很多歐洲遊艇會特地前往這些小鎮，享受壯麗美景。

愛琴海及地中海沙灘，從飯店到觀光區的規劃，都已經拿到國際標準認證。每年的夏天，沙灘聚集了來自世界各國的觀光客，待上幾個星期。我當導遊的時候，曾遇到一些德國人每年來土耳其南部好幾次，或有些外國人已經在這裡買房子定居。

一九四七年前愛琴海的島嶼是被義大利所佔領。二戰結束後在巴黎進行新的談判，義大利簽訂《巴黎和平條約》，將這些島嶼還給希臘，這是爲什麼許多鄰近土耳其的島嶼是屬於希臘領土。愛琴海最大的特色是它的歷史，古希臘有很多古城都建立在愛琴海沿

地中海的日落

岸。從土耳其的愛琴海眺望希臘，可以看得到許多大大小小的美麗島嶼。

另外一個最有名的海當然是地中海，其實對台灣人來說算是熟悉。在台灣很容易找到地中海料理餐廳，地中海的橄欖油也是廣爲人知。這裡是最多觀光客旅行的地方，來自包含埃及、希臘、法國、義大利、西班牙、土耳其等國家，所有觀光產業都往地中海靠攏。

近幾年，亞洲人較常到地中海觀光。或許有些人覺得在亞洲也有很多很美麗的海岸，但我不得不說，地中海的風景獨一無二，整個海岸線充滿歷史文化，不少國王、皇后都在這塊土地誕生。如果敢跳水，是個不錯的活動選擇。或是深潛入海底世界，可以看到最美麗的藍色，運氣好還可以遇到海龜。沒有辦法跳水或深潛也不用擔心，浮潛也是另一種探索地中海的方式。

每年從五月開始，觀光人潮湧入地中海，特別是俄羅斯遊客。就我當導遊的經驗，沒有人比俄羅斯人還更愛玩水！他們可以從早上一路玩到晚上都不膩。二〇一五年，來土耳其觀光的俄羅斯人超過三百萬人次。除此之外德國、荷蘭、英國、奧地利人也很喜歡來土耳其度假。

最後一定要特別介紹——馬爾馬拉海。它是全世界最小的內海，但是卻有舉足輕重的地位。馬爾馬拉海連結兩個海峽，向西經由達達尼爾海峽可以到達愛琴海，向東經由博斯普魯斯海峽連接黑海。是俄羅斯船隻前往歐洲及非洲國家的必經之地，每年爲土耳其賺入不少的錢。此外，在馬爾馬拉內海一樣有美景可以欣賞。小時候，每年夏天都會和家人到海邊的房子度假。因此我每次看到這裡的景色，就會想起童年時光。

挪亞方舟停泊處

除了海洋，土耳其也有很多高山。山多集中在東部地區，有些城市，冬季可能會長達兩個月沒有辦法看到土地，因爲到處堆滿了雪！交通非常不便利。但東部很多城市都很漂亮，美食文化也很豐富。

土耳其最高的山是東部的亞拉臘山（Ararat mountain），海拔接近五千兩百公尺。傳說挪亞方舟當時就是停在這座山頂上。每年有很多專業登山者挑戰亞拉臘山。這座山相當不容易征服，並沒有完整的步道規劃。若想在土耳其登高山的話，必須要有萬全的準備與豐富經驗。沒有在地嚮導，我也絕對不推薦挑戰爬四千公尺以上的高山，相當危險。

多元的土耳其

土耳其的地形非常豐富多變，幾乎你想得到的都有：高山、火山、平原、森林、湖泊等。也有多元的戶外活動，舉凡游泳、登山、浮潛、飛行傘，從最溫和的玩法到最瘋狂的行程，在土耳其皆可一網打盡。

老天爺給土耳其的禮物，不僅是這些好山好水，還有很多新鮮蔬果及銷往世界的農產品，例如：無花果、橄欖、橄欖油、杏桃、櫻桃、堅果、蘋果茶、香料等。因產量豐富，價格相對便宜。

手工藝商品、紡織品也是世界知名。許多國際服飾品牌工廠都設在土耳其，每個大城市幾乎都有暢貨中心，可以挖寶撿便宜。我每次回土耳其，一定會幫全家補貨，尤其是女兒的衣服、鞋子，品質好且價格合理。

如果想要購買比較精緻的商品，可以逛逛手工黃金飾品、陶瓷、玻璃和地毯，這些技術都有好幾百年的歷史，是從鄂圖曼帝國留傳下來的傳統技藝。不過這些商品單價較高，買之前一定要好好比價和殺價，選擇專賣店買會更安心。

土耳其文屬於烏拉爾—阿爾泰語系，
約有八千五百年的歷史。
世界上講土耳其文的人口超過一億。

第五章

別想用英文跟土耳其人溝通！

★吳鳳的土文教室
我教你土耳其文

很多人常常問我，土耳其人是不是都會講英文？

我們的英文跟台灣人一樣，是後來學的。我們的母語是土耳其文。很多人對土文不是很熟悉，畢竟不是一個到處都可以聽見的語言。

從中亞至巴爾幹半島有很多國家的人用土文溝通。中東地區，伊拉克、伊朗北部也有不少人使用。

現在我們用的土文，有不少受到阿拉伯文及波斯文的影響。到了鄂圖曼帝國時代，土文及文化擴展到更多地方。

我們的語言不像中文，各區域有不一樣的方言。在土耳其每一個區域講的土文都一樣，只是口音不同。最標準的土文屬於伊斯坦堡地區。

街頭上的拉丁字母海報

不過後來安納托利亞或其他地方的移民進入到伊斯坦堡，也影響了這裡的口音。所以現在很少人講很標準的土耳其文。

雖然世界上很多人使用土耳其文，但是我們不一定都聽的懂。比如說，新疆人講的就跟我們不一樣，一些說法和字是一樣的，但還是沒有辦法溝通。

鄂圖曼帝國時代大家用的是鄂圖曼字母。不過到了一九二八年十一月二十八日，國父凱末爾做了一個很大的改革——停用鄂圖曼字母，開始改用拉丁字母。我個人覺得這個是一個很勇敢、對於識字率的普及是非常重要的一個政策。

現在土文總共有二十九個字母，但是一些字母長得和英文有點不一樣。我們的字母裡多了「ı-ö-ş-ğ-ü-ç」，而英文裡的「x、w」則在土文裡不會出現。

我每次講土文的時候，旁邊的外國朋友說，聽起來有點像法文，很舒服。我老婆也挺喜歡土耳其人說話的音調，好像有一個特別的旋律。

土文最複雜的是文法。除了過去式、未來式還有很多文法用途，而每一個動詞字尾，還會隨著主詞不同有不同的變化，讓人覺得很難學。例如，「Gitmek」是「去」的意思，「Ben gidiyorum」（我去），「Sen gidiyorsun」（你去），因爲主詞不同，所以動詞結尾有不同變化。

很多剛開始學土文的外國人都覺得很挫折，但發音算是容易，大多人應該可以在一星期內學會字母，也可以開始念句子。幸好土文裡沒有四聲，不然會更難。

在土耳其旅行時，講個一、兩句土文會讓土耳其人很開心！

吳鳳的土文小教室

問候

Merhaba. 你好

Nasılsın? 你好嗎？

İyiyim. 我很好

İsminiz ne? 您叫什麼名字？

Benim ismim... 我的名字叫…

Ben Tayvanlıyım. 我是台灣人

Hoş geldiniz. 歡迎

（在土耳其如果有人跟你說 Hoş geldiniz，可以回答 Hoş bulduk，意思是我很高興在這裡，一種客氣的回答方式。）

Günaydın. 早安

İyi akşamlar. 晚上好

İyi geceler. 晚安

Kolay gelsin. 辛苦了

Görüşmek üzere. 再見

Güle güle. 再見（慢走）

購物

Bu kaç para? 這個多少錢？

Çok pahalı. 很貴

Biraz indirim yapar mısınız? 可以算我便宜一點嗎？

Hesap lütfen. 我要買單

Kredi kartı 信用卡

Teşekkür ederim. 謝謝

Rica ederim. 不客氣

餐廳

Lezzetli! 好吃！

Elinize sağlık! 你做的食物真棒！（誇獎廚師的時候可以用）

Doydum. 我吃飽了

Tamam. 好了

Şerefe! 乾杯！

Çok beğendim. 我好喜歡

Bir bardak su lütfen. 請給我一杯水

交通

Kayboldum. 我迷路了

Telefon etmek istiyorum. 我想要打電話

Bana yardım eder misin? 可以幫我嗎？

Havalimanı 機場

Otogar 車站

Taksi 計程車

Polis 警察

就醫

Hastalandım. 我生病了

Yardım! 救命！

Acil 急診

Doktor 醫生

Eczane 藥局

Hastahane 醫院

數字

bir 1

iki 2

üç 3

dört 4

beş 5

altı 6

yedi 7

sekiz 8

dokuz 9

on 10

yirmi 20

otuz 30

yüz 100

bin 1000

Birinci kat 一樓

İkinci kat 二樓

Saat kaç? 幾點了？

Saat iki. 兩點

Saat üç. 三點

其他生活用語

İstiyorum. 我要

İstemiyorum. 我不要

Evet. 是

Hayır. 不

Var. 有

Yok. 沒有

Başka sefere. 改天／下次（用於婉轉拒絕邀請的時候）

Lütfen. 拜託

Pardon. 不好意思

Özür dilerim. 對不起

Çok güzel! 很漂亮！

Çok tatlı! 好可愛！.

Doğum günün kutlu olsun. 祝你生日快樂

Mutlu Yıllar. 新年快樂

當然最後一定要學「Seni seviyorum」我愛你的意思！
我老婆最喜歡我跟她說這句。

土耳其的緊急電話號碼

112 救護車

110 消防局

155 警局

154 交通局

注意：這些號碼不一定會找得到會講英文的人！

旅外國人緊急服務專線 +886-800-085-095

土耳其台灣辦事處地址及電話

Kazım Özalp Mah. Resit Galip Cad. Rabat Sok. No. 16

G.O.P. 06700 Ankara Turkey

(0312) 436 72 55

後記

這本書的出版，是我的夢想之一。
身爲土耳其人，又是台灣女婿，
能夠以中文將我的國家介紹給我第二個家的你們，
對我來說，是一件非常有意義的事。

完成一本書的過程很不簡單，
需要經歷無數個埋頭苦幹的日子，還有好多好多人的幫助。

首先最要感謝遠足文化出版社給這本書一個生命。

謝謝土耳其的朋友們，攝影師 Halit Kuzenk、İsmail Kılıç、
Ufuk Pekparlak、Turan Karahancı，
導遊朋友 Rıdvan Uyanık、Erdal Turan，Alanya 市政府，
卡帕多奇亞 Kayakapi Premium Caves 飯店老闆 Yakup Dinler，
妹妹 Sahra 及外甥 Doruk，

謝謝你們提供的照片，讓這本書的視覺更豐富。

謝謝我最親愛的老婆幫我一字一句修正文法，
還有我的寶貝女兒 Ekim，有妳們在我身邊是最大的支持與鼓勵。
最後感謝老天爺給我實現夢想的機會。
當然不能忘記支持吳鳳的你們，
讀者朋友！沒有你的話就不會有這本書的誕生。

來自土耳其的邀請函

吳鳳帶路！
橫跨歐亞文明私旅

Invitation from my homeland: Beautiful Turkey

作　　者｜吳鳳 Uğur Rıfat Karlova
行銷企劃｜李逸文・張元慧・廖祿存
責　　編｜王凱林
編輯協力｜陳柔君
封面及內頁設計｜謝捲子
地圖插畫｜陳宛昀
照片提供｜吳鳳、Halit Kuzenk、İsmail Kılıç、Ufuk Pekparlak、Turan Karahancı、Rıdvan Uyanık、Erdal Turan、Alanya 市政府、Yakup Dinler、Sahra、Doruk、郭世宣、薛嘉寧、陳冠如

出版者｜遠足文化事業股份有限公司（讀書共和國出版集團）
地　　址｜231 新北市新店區民權路 108-2 號 9 樓
電　　話｜(02)22181417
傳　　真｜(02)22180727
電　　郵｜service@bookrep.com.tw
郵撥帳號｜19504465
客服專線｜0800221029
網　　址｜http://www.bookrep.com.tw
法律顧問｜華洋法律事務所　蘇文生律師
印　　製｜呈靖彩藝有限公司

初版一刷　西元 2018 年 2 月
初版八刷　西元 2024 年 5 月

國家圖書館出版品預行編目 (CIP) 資料

來自土耳其的邀請函：吳鳳帶路！橫跨歐亞文明私旅 / 吳鳳作 . -- 初版 . -- 新北市 : 遠足文化， 2018.02 -- (瞭望 ;11)
ISBN 978-957-8630-18-5(平裝)

1. 旅遊 2. 土耳其
735.19　　107000357